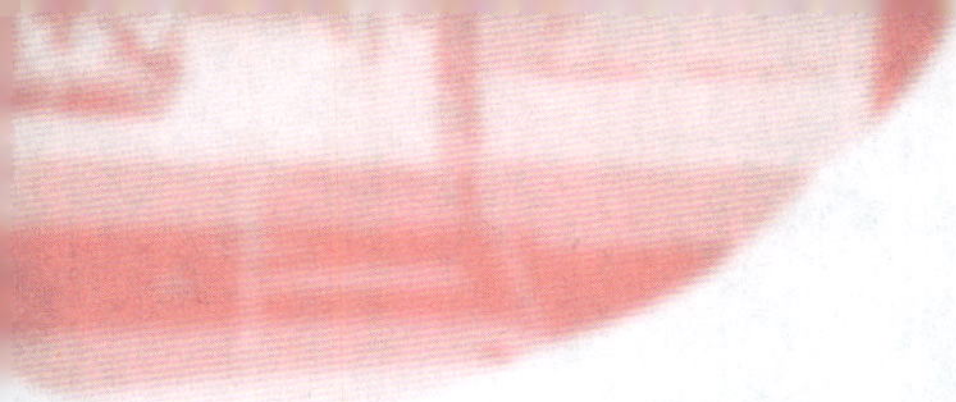

Hot-air balloon in love　Nashiya Arie

# 恋する熱気球

梨屋アリエ

講談社

# 恋する熱気球

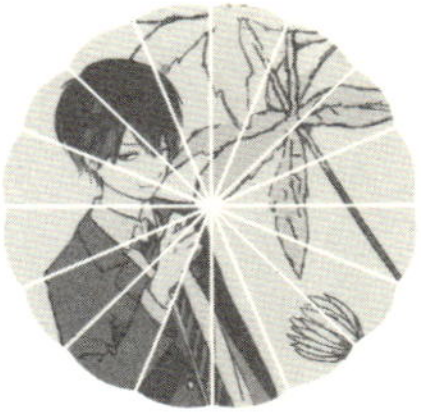
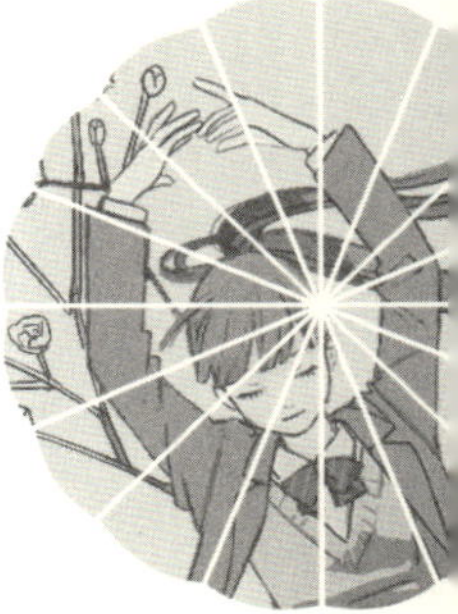
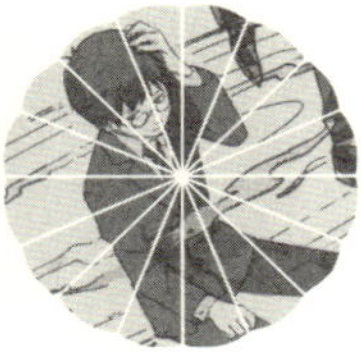

# 目次

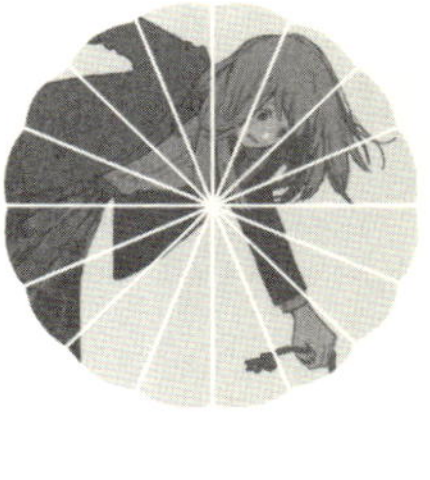
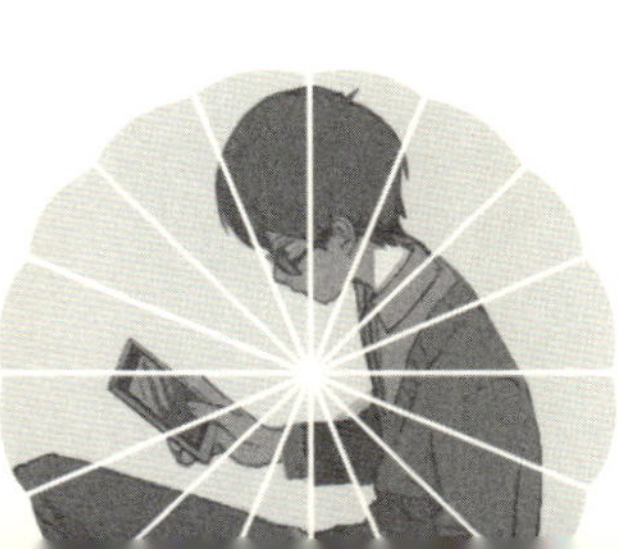

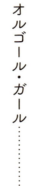

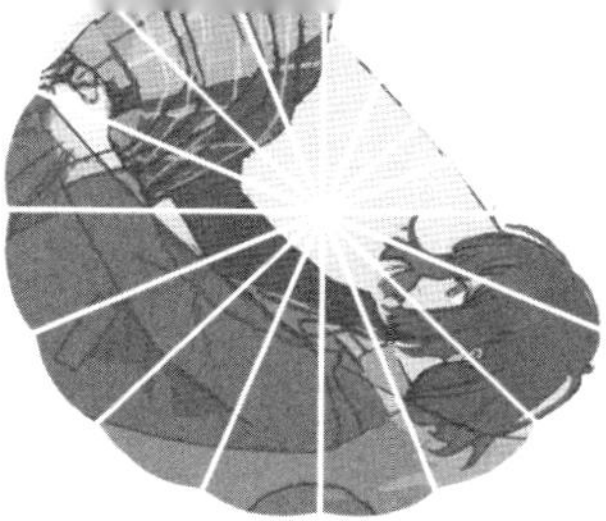

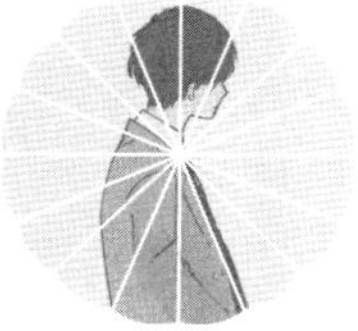

装画／くっか
装丁／bookwall

# オルゴール・ガール

1

ぼくがいまのぼくになってしまったのは、たぶん小学生のころに悪い魔法使《まほうつか》いに会ったからだと思う。

そいつはぼくの家に入り浸《いびた》って、よく玉子焼きを食べていた。玉子焼きはうちのお母さんの唯《ゆい》一《いつ》の得意料理で、一度食べれば、回転寿司《かいてんずし》の玉子がだし味のスポンジにしか思えなくなるほど、おいしくて本物の味がする。その悪い魔法使いは、ある日お母さんをどこかに連れていってしまった。学校から帰ってくると、二人はどこかに出かけるところだった。「行ってらっしゃい」とぼくが言うと、お母さんはなぜか玄関《げんかん》で涙《なみだ》ぐんでいた。なんでだろうと不思議に思いながらぼくは蹴《け》とばすように靴《くつ》を脱《ぬ》いで、充電《じゅうでん》しておいた携帯《けいたい》ゲーム機《き》を取りに部屋に行った。あれがお別れになるとは思わなかった。それきり魔法使いの姿も最初のお母さんの姿もぼくは見ていない。

五年生になる直前、アパートの郵便受けの列の下に謎《なぞ》の小包が置いてあった。宛名《あてな》も差出人の名前もなかったけれど、お母さんからぼくに宛《あ》てた贈《おく》り物《もの》なのだろうとぼくは思った。だからぼくはそれを拾い上げ、当たり前のように部屋に持っていこうとした。

「爆発物《ばくはつぶつ》だったらどうするの」

ドアの鍵《かぎ》を開けようとしたとき、ふいに声をかけられた。

見知らぬ女の子が少し咎《とが》めるような顔をしてぼくを見ていた。わけがわからず黙《だま》っていたら、同じことを繰《く》り返《かえ》す。

「爆発物だったらどうするの。不審物《ふしんぶつ》っていうやつでしょう？」

「爆発する……のかな」

言いながら、そんなばかなと思う。

「ぼくに爆死《ばくし》してほしい人がいるとは思えないんだけど。それに爆弾《ばくだん》ってそこらへんに売ってるもんじゃないし」

「それ、きみのなの？　わたし宛の荷物かもしれないと思っていたんだけど、名前がないからどうしようかと思って見てた。落とし物かもしれないし」

「ぼくのだと思うよ」

「なんでわかるの？」

それを言われると困る。

「なんとなく。開けて見ればわかるよ」

「じゃあわたしも一緒《いっしょ》に見ていい？」

「えっと……」

「わたしは先週、一階に引《ひ》っ越《こ》してきた箱森萌花《はこもりもえか》。親からは同い年って聞いてるよ」

そういえば、空き部屋の郵便の受け口にいたずら防止に貼《は》ってあったガムテープが少し前から剝《は》がしてあった。

箱森さんは髪《かみ》を一つに結んで、頸筋《くびすじ》のほっそり長い子だ。きれいな首を伸《の》ばし、ぼくのうちの表札を確認《かくにん》する。

「えっと、平出《ひらいで》くんも今度、五年生でしょ？　ちなみに下の名前は」

「得《とく》」

からかわれるかな、と少し身構えたけど、なにも言われなかった。自分としては、トクの漢字はお得の得より特別の特のほうがよかったと思っているから、名前にはコンプレックスがある。

「得くんって、くが重なって言いづらいから苗字《みょうじ》の平出のひーくんでいいかな」

ぼくは黙ってドアを開けた。友だちになるなんて言ってない。

「ここで開けてよ。靴脱ぐの面倒《めんどう》くさいし」

家の奥《おく》まで入りこんでほしくなかったから、そう言ってくれてよかった。あがりぶちに小包を置いて包装をびりびり破いた。

「箱？」

プチプチを剝がすと、両手にすっぽり入るような長方形の古風な木の箱が出てきた。片面に蝶番《ちょうつがい》があって、蓋《ふた》がぱかっと開けられる。開けたけど、期待していたような中身はない。小物入れにしては奇妙《きみょう》で、箱の形のわりに底は深くない。蓋の内側と箱の中の一部分に鏡が貼ってある。でも、蓋の鏡には痛々しいひびが入っていた。

二重底かと思って確かめたけれど動かなかった。小物入れ風のくぼみには、箱のサイズよりはるかに小さな、紙に巻かれた小さな人形が入っていた。これがなにを意味するのかぼくにはさっぱりわからない。

「なんだ、これ。ホントに爆弾が仕込《しこ》まれている、とか?」

「貸して」

箱森さんはぼくの手からそれを取り上げた。箱の裏に金属の取っ手があるのを見つけてそれをまわす。ぼくはそれをはじめて見たのだけれど、ゼンマイを巻くネジらしい。巻き終わると蓋を開けて上げ底になっている鏡の上に人形を立てた。

「ほら、やっぱりオルゴールだ」

得意げな声と同時に、キラキラした音が聞こえてきた。どういう仕組みになっているのか、小さな踊《おど》り子《こ》人形が生き物のように箱の中でくるくる回りだす。

「オルゴール?」

「本物ははじめてだけど、昔、テレビかなにかで見たことがあったから」

ぼくも実物を見たのははじめてだったけど、知ったかぶりをした。

「なんだ、オルゴールか。ちょうど欲《ほ》しかったんだ」

「まじで？」

「なんで？」

「男の子が欲しがるなんて珍《めずら》しいと思って」

そうなのか、と知ったかぶりがばれないようにびくつきながら言い返す。

「男とか女とか、関係ないよ。いい音だし」

「確かに。なんの曲だろうね」

オルゴール特有のキラキラした優《やさ》しい音で、美しいメロディーを奏《かな》でている。ぼくたちがその曲名を知ったのはずいぶんあとだった。それはリストの『愛《あい》の夢《ゆめ》』という曲だ。中学生になって気まぐれとからかい半分で行ったクラスメイトのピアノの発表会で、大人の生徒が弾《ひ》いていたのを聴《き》いて、たまたま知ったのだ。

「でも、これを男の子に贈《おく》るのかな。わたし宛じゃないのかな。前の学校の子が届けてくれたのかもしれないし」

「箱森さんにあげるんだったら……」

ぼくは箱森さんを説得する言葉を考えた。

「きっと新品のプレゼントをあげるんじゃない？　女の子ってふつう、こんな蓋の鏡が割れたやつじゃなくて、もっとかわいらしくて宝石みたいなプラスチックの玉とか花とかがたくさんついたのをもらえるんじゃないの？　これ、古そうだよ」

「うん。そうかもしれないけど……。古いってことは、お宝ってやつかもしれないし」

「お宝？」

ぼくはその言葉を聞いたとたん、どうしても自分の物にしたいと思った。価値があると考えたからじゃない。その古風なオルゴールボックスは、消えたお母さんの宝物なのではないかと思ったからだ。その箱に見覚えはなかったけれど、ぼくのことを思ってだれにも気づかれないように贈ってくれたに違《ちが》いない。

「これはぼくのお母さんのだと思う」

「なんでお母さんのものがわざわざ小包で届くの？」

ぼくのうちの事情を知らない箱森さんの疑問は当然のことだ。でも、ぼくは次の言葉に詰《つ》まってしまい、すんなり説明できなかった。

「お母さんのだ……」

唇《くちびる》を軽く噛《か》み、あがりぶちの床《ゆか》に置いたオルゴールボックスを見つめる。

音に合わせて踊り子人形がくるくる動き回る。はじめて見たそのときは、魔法で動いているのかと思った。でも実際は、人形の足と鏡の面の下に磁石が仕込んであるせいだ。電気も電池もなかった時代の人は、ゼンマイ一つで動くこんなからくりをよく考えたものだなあと感心する。

「じゃあさ、ひーくんが預かってることにしていいから、ときどきわたしにも見せて。これがわたしのじゃないってわかるまで、見たいときに見ていい権利をちょうだい」

「まあ、見るくらいならいいけど」

箱森さんは自分の折衷案《せっちゅうあん》が採用されたことに満足そうな笑顔《えがお》をつくった。

## 2

お母さんが家からいなくなったあと、ぼくの家にはおばあちゃんとお父さんの妹のさくらさんが一緒に住むようになった。二人は毎朝、すかすかした食器洗いのスポンジみたいな玉子焼きを作ってくれる。

お父さんは家にいたりいなかったり。お母さんが家にいたころもお父さんと一緒に住んでいるという感覚は薄《うす》かったから、そんなもんだと思っていた。

おばあちゃんとさくらさんがよく世話を焼いてくれるので、ぼくはそれほど不便や退屈《たいくつ》をしたことがなかった。それに箱森さんもいつのまにか、オルゴールを見るためにぼくの家に上がりこむようになっていた。女性というものはみんな、ぼくの世話を焼きたがる存在なのだろう、と思いこむには十分なほど、ぼくは生まれたばかりの王子様のようにそこにいるだけでよかった。

中学生になり、思春期が到来《とうらい》しても女子への抵抗感《ていこうかん》は薄く、ぼくはクラスの女の子ともよく話したし、一緒に遊ぶこともあった。女子との会話は退屈ではなかったし、女子が好む髪形《かみがた》にして褒《ほ》められるのは嬉《うれ》しかったし、人に優しく丁寧《ていねい》に接することは好きだったから、ぼくのまわりにはいつも自然に女の子の友だちがいた。

そして自然に恋《こい》をした。

「で、結局のところ、安塚《やすづか》さんに好きって言ったの？」

箱森さんはぼくのベッドにあぐらをかいて、オルゴールボックスのネジを巻く。ちなみに制服のままだから彼女《かのじょ》はスカートだ。

ぼくは自分の部屋にいるというのに床に正座して話す。

「言えなかった。向こうが先に言ってきたから」

箱森さんはへたくそな口笛をひやかしで吹《ふ》いた。

ベッドの棚《たな》にオルゴールボックスを置いて蓋を開け、小さな踊り子人形を載《の》せる。キラキラしたメロディーに合わせてくるくる回転しながら円の軌道《きどう》を描《えが》く。

「目が回らないのかな。こんなに回って」

「で、つきあうの？」

「うーん。ちょっと考えさせてって言ったんだ。そしたら泣かれてしまって。振《ふ》ったわけじゃないのに、なんか、面倒くさい子だなあって……」

「醒《さ》めたんだ、また？」

「またって言うなよ」

「好きになって、両思いになったんだから、ちゃんとつきあったらいいのに。つきあったらもっと好きになったかもしれないのに、いつも同じパターンじゃない？」

「同じじゃないよ。同じなわけないよ」

「ま、どうでもいいけど」

箱森さんは人形を寝《ね》かせ、蓋を閉じる。オルゴールの音は曲の途中《とちゅう》でぱたりと鳴りやむ。

ぼくは手を伸ばして蓋を開け、曲の区切りまで聴いて閉じた。中途半端《ちゅうとはんぱ》なところで終わるのは嫌《きら》いだ。

「箱森さんこそどうなんだよ」

「どうって、新しい出会いもないし」

「新しく出会わなくたって、なにかのきっかけで好きになることはあるだろう」

「それ、その感覚がわからない。ずっと同じクラスにいる女の子のことを突然《とつぜん》好きになったりそれほど好きじゃなくなったりするひーくんのほうが不思議。鶴田《つるた》さんの笑顔が好きだって言ってた次の月には赤見《あかみ》さんの髪のにおいにドキドキして好きになっちゃったって、なにそれ。そのあとは富岡《とみおか》さんの声を聴くと耳の奥がポカポカしてくすぐったいとかなんとか言って」

「過ぎた話はやめてくれ。恥《は》ずかしいだろ」

「その恥ずかしいことを毎回繰り返して、うちの中学校じゅうの女の子一人残らず恋するつもりなのかな？」

「やめろよ。考えたくない。ぼくだって惚《ほ》れっぽいのを気にしてるんだから」

「そうなの？　初耳」

好きになって、恋を失う。

また好きになって、恋を失う。

ぼくはオルゴールみたいだ。

恋するオルゴール。

ぼくの恋にはイントロもリフレインもついていない。いきなり始まり、いきなり終わる。

目が合って、微笑《ほほえ》んで、話をして、期待が高まる。

今を感じ、愛を感じ、優しさを感じ、鼓動《こどう》を感じ、いのちという名の喜びを感じ、世界に祝福されている人生に気づき、そしてそんな世界を祝福する。そして突然終わる。

クライマックスを集めた映画の予告編みたいな、恋のメロディー。永遠に繰り返す甘《あま》いメロディー。

それはキラキラと軽《かろ》やかな音を奏でる。楽しげに、哀《かな》しげに。

なぜオルゴールは存在するのか。

ぼくは図書館で調べてみた。蓄音器《ちくおんき》が発明されて、まだ約百四十年。そんな録音技術さえなかったころは、だれかが歌うか楽器を演奏しなければ音楽を聴くことはできなかった。音楽はつねに人がその場で作り出すものだった。

それをどうにかしようと考えられたのが自動演奏装置。オルゴールだ。シリンダー型や円盤《えんばん》型《がた》、手のひらサイズで手回しで動かすものから大がかりで絢爛豪華《けんらんごうか》な家具調のものまで、十八世紀末以降、さまざまなオルゴールが開発された。

しかしオルゴールの音色は音楽そのものの再現ではなく、オルゴールの金属板の音色を機械的に奏でるにすぎない。ささやかな曲の断片《だんぺん》を手に入れることで、人はなにを得ようとしたのだろう。繰り返し繰り返し、同じところをめぐるだけなのに。

そういえば、お母さんがいなくなる前、ぼくは魔法使いと一緒にプラネタリウムを観《み》に行ったんだ。

時間の経過とともに夜空の星が動いていくのを、そのときはじめて知った。まだ低学年で小さかったから、星は夜にぺったりはりついているものだと思っていた。月だけが太ったり痩《や》せたり特別に生きているんだと思っていた。

なのにどういうわけか、地球が太陽の周りを回っているということは知っていた。テレビかなにかで見て知っていたのだろうか、太陽は朝のぼって夕方沈《しず》むように見えるけど、動いているのは実はこの大地のほうなのだ、と。

時間をかけて地球が回転しているから、夜空の星は動いていく。

時間をかけてオルゴールのシリンダーが回転するから、音がつながってメロディーになるように。

なぜ地球は回るのか。

なぜ太陽や、太陽系の惑星《わくせい》たちは回るのか。

なぜ銀河系は回るのか。

たくさんのなぜ。

人はなぜ恋をするのか。恋はなぜ突然醒めるのか。永遠の幸福を手に入れたと感じても、あるとき泡《あわ》がはじけたようにゼロ時間に変わってしまう。

そしてなぜ、恋をしない人がいるのか……。

「ひーくんはいいなあ。人を好きになれて。わたしもだれかに恋ができればよかったのに」

箱森さんはぼくのベッドに寝そべって駄々《だだ》をこねるようにバタ足をした。

「そのうちするだろ、たぶん」

「そのうち？　気休め言わないでよ。ひーくんはわたしにドキッとしたりしないの？」

「ああ……ないな」

正直に言うと、一度だけある。小五の夏休みに。

「ねえ見て。ブラジャー買ったの！」

がばっとTシャツをまくって下着を見せられたときは、ドキッとした。箱森さんにドキドキしたのはそのときくらいだ。

中学一年のときのはじめての雪の朝、信号待ちで追いついて「スカートじゃ寒そうだね」と何の気なしに言ったら、箱森さんがいきなり「ジャーン！　唐辛子《とうがらし》エキス配合！」と自分のスカートをまくって真っ赤な毛糸のパンツを見せてきた。あのときは、ぎょっとしたというほうが正しくて、バカで幼稚《ようち》な幼馴染《おさななじ》みを恥ずかしいと思っただけだ。

ぼくはたぶん箱森さんから男だと思われていない。というか、箱森さんのほうが男という存在を意識していないし、女の子であるという重要なことをいまひとつわかっていない気がする。

むかしのひとみたいに「女の子らしく」しろなんて言わないけれど、女の子の自覚はしておいたほうがいいと思うのだ。だって、相手が自分と同じように恋の準備ができているかなんて関係なく、人は一方的に恋をする。恋して、そして勝手に妄想《もうそう》して、ある日突然終了《しゅうりょう》する。

なんだかなあ。ふと、自転という言葉を思《おも》い浮《う》かべた。地球は自転していて空《むな》しくないのかな。独りよがりで。あ、でも、地球には月がいるのか。

「あのさ、髪形」

ぼくは言った。

「そのひっつめの一《ひと》つ縛《しば》りをやめて、髪をふつうに下ろしたら？」

「この髪、気に入ってるの。昔バレエを習っていたことを忘れたくないから。わかってるから言わないで。そんなふうに見えないって言いたいんでしょ」

「きつく縛っているとはげるらしいよって言おうとしたんだよ」

バレエ経験があると知ってから箱森さんを見ると、妙《みょう》に姿勢がよいところはそれっぽいと思う。

「バレエが好きなの？」

「よくわかんない。習っていたときは、そんなに好きじゃなかった気がする。体かたいし、筋肉痛になるし、意味不明な変なステップがあるし」

「バレエが好きだからその髪形なんじゃないの？」

「違うと思う」

「その髪形じゃモテないよ?」

「は? なんでわたしがモテなきゃならないの?」

少し前に「恋ができればよかった」と言ったじゃないか……。

ぼくは黙った。何の話をしていたのか、わからなくなったから。箱森さんとの会話は、ほかの女の子たちとするようにはいかない。予想と違う答えが返ってくるから長く続けるのが難しい。たいていぼくのほうが音《ね》をあげる。

宿題でもやろうかと、鞄《かばん》からノートを引っ張り出す。

箱森さんはオルゴールボックスを手にして木の手触《てざわ》りを確かめるように触《さわ》ったあと、飽《あ》きちゃったという感じでベッドを下りた。

「オルゴール見たし、帰ろうっと」

3

ぼくの家からお母さんを連れ去った男の正体が、悪い魔法使いだったと思うのには理由がある。

あの魔法使いは小さかったぼくにいろんなものを持ってきてくれた。それは金色の不思議な木の実だったり、見たこともない特別な文房具《ぶんぼうぐ》だったり、縄文時代《じょうもんじだい》の珍しい矢じりだったり、レトロなシューティングゲームだったりと、小さい男の子の好奇心《こうきしん》を刺激《しげき》するものだった。

ぼくが遊びに熱狂《ねっきょう》すると、お母さんは魔法使いとどこかに出かける。そうするとぼくの手元に残ったすてきな物たちは、だんだん魔法の効果が薄れるのか、単なる虫食いのどんぐりや折り曲げたゼムクリップや角張った三角の石ころや輪ゴムに変わってしまう。本当に、四頭立てのきらびやかな馬車が干《ひ》からびたカボチャにもどったようにつまらないものになってしまうのだ。

だからお母さんの友だちのあの男は、魔法使いなんだろうとぼくは思ったわけだ。ただ、そのころは「悪い」魔法使いだとは思わなかった。魔法使いと出かけたお母さんはたいていとても幸せそうな顔で帰ってきたから。

悪いやつだと気づいたときには、もう何日もお母さんに会えなくなっていた。おばあちゃんたちが越《こ》してきて、まずい玉子焼きを毎朝食べさせられるようになったとき、お母さんはあの悪い魔法使いに騙《だま》されて連れていかれてしまったのだとはっきりわかった。

ぼくは自分では認めたくはないが、いつも気づくのが遅《おそ》いのだ。鈍感《どんかん》ではないほうだと思うのだが、興味のないことにはまったく関心が向かないため、みんなが気づいていることを自分だけ気づかないことがある。たとえば、クラスの女の子たちが集団でだれかを無視しているときとか。

「あのとき話しかけてくれてありがとう。平出くんのおかげで教室にいられた」と女の子に言われて、その子の親からの「気持ち」だと包装紙に包まれたノートをもらって、そのときになって教室でなにかが起きていたことにはじめて気がつく。

ぼくはいつも自分の恋に忙《いそが》しく、周りが見えていないだけだ。

それを裏付ける出来事は、中三の秋に起こった。

うちに「新しいお母さん」が現れたのだ。

ふだんぼくとめったに顔を合わすことのないお父さんが、再婚《さいこん》をしたらしい。両親がいつ離婚《りこん》したのか、ぼくにまったく説明はなかった。それとも、離婚ではなく死別なのだろうか。絶対にないとは思うけどお母さんはぼくの知らないどこかで亡《な》くなっているという可能性もゼロではない。亡くなるくらいなら、あの悪い魔法使いと家族を持って仲良く暮らしてくれていたほうがいくらかましだ。

みさとという名のその女性は、「お母さんと思ってくれなくてもいい。だんだん家族になればいいと思う」とぼくに義務的に微笑んだ。

なにか言わなきゃと思ったぼくは、つまらないことを質問した。

「玉子焼きは得意？」

「料理はしないの」

みさとさんは気持ちいいほどきっぱり言った。タバコは吸わないの、とでも言うみたいに。

ぼくはいったいどんな答えを期待していたのだろう。得意だと言われても苦手だと言われても
きっといい気分ではないだろう。でも、作らないという選択肢《せんたくし》があることは考えもしなかった。

ぼくにとって女性というものは、ぼくの世話を焼いてくれる人だと思っていたから。

さらに、ぼくと同居はしないという。すでに別の場所にマンションを借りてお父さんと二人で暮らしているという。

確かにこのアパートは狭《せま》くて、どの場所にもぼくとおばあちゃんと叔母《おば》のさくらさんのにおいが染《し》みついている。そんなところで新婚生活《しんこんせいかつ》をしたい人なんていないだろう。

「わたしは得くんの大好きなお母さんのようにはなれないから、得くんのお父さんの結婚相手《けっこんあいて》とだけ認めてもらえたらいいなと思うの。おばあちゃんとおばさんたちで十分生活が成り立っているところに、ずかずか踏《ふ》みこむつもりはありません。ただ、法律的には親子になったということを覚えておいてね。難しい年頃《としごろ》なのはわかるから、お互《たが》い干渉《かんしょう》しないようにしましょう。反抗《はんこう》期《き》とか、面倒なことには関わらないから、そのつもりでいてね。変に甘えられても困るし。前の奥さんと比べられても困るし。あなたの生活はこれまでとなにも変わらないけれど、紙の上では血縁関係《けつえんかんけい》ができました。きょうはそのことを言いに来たの」

「はあ……」

その日のぼくは二学期の中間テスト期間で午後の授業はなく、かなり早めに家に帰っていた。おばあちゃんはシルバー人材センターの家事代行の仕事に出かけていて、叔母のさくらさんは人気の祈禱師《きとうし》の面会の予約がキャンセル待ちで取れたらしく、お祓《はら》いしてもらってくると書き置きがあった。さくらおばさんは離婚前に何度か流産をしたショックでスピリチュアルな世界に傾倒《けいとう》している。

まさかきょう、突然やってきた見知らぬ女性とぼくひとりで、しかも玄関先で重大な立ち話をするとは思わなかった。

ぼくにはすべての出来事が頭の中で処理しきれない。だから理解を放棄《ほうき》して、人生とは予測不能な、不思議なものなんだなあとぼんやり思っていた。

お母さんが出ていった日、急いで携帯ゲーム機を取りに行かずに、「どうして泣いているの」って玄関で立ち止まって訊《き》けなかったのと同じだ。泣いているとわかっていたのに、どう行動したらいいのかわからず、なにも考えないようにしたくていつもと同じことをした。

お父さんは悪い魔法使いがうちに出入りしていたことをいつごろ知ったのだろうか。

「あの、お父さんはこのことを知っているんですか？　えっと、きょう、みさとさんがうちに来てぼくに話すということを」

「彼《かれ》が帰ったら話すから。結果を報告すれば問題ないでしょう？　きょうはたまたま午後の会合が流れたから寄ってみたの。いつか話せるときに話しておくよう言われていたから」

そういうものかな。許可とか、相談とか、いらないのかな。まあ、いいや、お父さんのことだから、そういうことは必要ないのだろう。ぼく以上に、興味のない物にはまったく関心が向かない人だ。スイッチ付きの延長プラグみたいになってて、オンにならないと通電しないから、どんなに話しかけたって聞こえないのだ。

ぼくはぶしつけかなと思ったけれどもう一つ質問をした。捉《とら》え方《かた》によっては子どもらしい質問かもしれない。

「お父さんのどんなところが好き？」

「そうね。自立しているところかな。一人でも生きていける感じ。わたしもそういうタイプだし」

「えっと、一人で生きられるタイプの二人が、なんでわざわざ結婚したんですか？」

「それは……お互い、独身でいるのが面倒くさかったのかもしれない。パートナーがいるってわかれば、まわりに変に気をつかわれなくて済むし」

愛しているからなんて言葉は出てこないと思ってたけど、あまりにもかさかさに乾《かわ》いた自己都合の答えだった。みさとさんがウソつきではないことはわかったけれど、中学生相手にそれを言うのは大人としてどうなのか。

「そういうのは……」

ぼくは口にしていいのか迷って、そのまま言えなくなってしまった。そういうのは結婚ではないんじゃないかな……なんて、まだ結婚することのできない子どもが結婚したばかりの大人に言うのはおかしなことかもしれないと思ったから。

結婚とはなにかの論争を大人とはじめられるほど、中学生のぼくは結婚のことなんて考えたことがない。親とか子どもとか家庭とかの幸せについてなら、漠《ばく》とした理想があるけれど。

ぼくはそのときはじめてあることを考えた。

お父さんは、幸せなんだろうか？

新婚ならだいたいの人は幸せだろう。でも、みさとさんの雰囲気《ふんいき》では、そんな浮《う》かれた時間を過ごしているようには感じられない。

お父さんが一人でも生きていける人だというのは、ぼくも同意見だ。自立するというのは、大人になるうえではとても大切な要素だ。でも、それが楽しくて、幸せだなあとお父さんが感じることがこれまでにあったのだろうか。

ぼくにはわからない。でも大人になったら、ぼくもそんなふうに感じることがあるのだろうか。

ゲームの攻略法《こうりゃくほう》ばかり考えていて宿題の提出を忘れたり、筆箱を忘れた友だちに新品の消しゴムを半分に切って分けてあげて、そのお礼にソーシャルゲームのアイテムを贈ってもらったり、食事中にテレビに気を取られて食べかけのから揚《あ》げを床に落として、代わりにおばあちゃんの分を分けてもらったり、だれかに一方的に恋したり急に醒めたり、そんな毎日を過ごしているぼくには、お父さんは異次元人だ。

「あ、お客さん？　出直してこようか？」

箱森さんが勉強道具を抱《かか》えてアパートの階段をのぼってくる途中でぼくらを見つけ、困ったように訊いてきた。約束はしてないけれど、ぼくの部屋で一緒にテスト勉強をするつもりだったらしい。ぼくだったらこういう場面は黙ってそっともどるところだけど、箱森さんは物おじしない。

冗談《じょうだん》でもみさとさんから彼女かと訊かれたら嫌《いや》だなと思ったけれど、そんな無駄《むだ》なことはなにも言わなかった。

「じゃあ伝えたから。そういうことで」

みさとさんは箱森さんにほんのちょっと頭を下げると、黒いローヒールをさっさと踏《ふ》み出《だ》して階段を速足に下りていく。

ぼくは手すりから乗り出すようにしてその後ろ姿に声をかけた。

「ねえ、どうしてお父さんはぼくに話さなかったんだろう?」

「お父さんに訊いて」

そのパンツスーツの後ろ姿はちゃんとした会社で働いている三十代後半の有能な女性らしく、肩《かた》でそろえた髪がその年齢《ねんれい》のわりにつやつやに手入れされていて、ぼくと無関係な人であればちょっとすてきだと思っただろう。

「生命保険の勧誘《かんゆう》?」

箱森さんにはそんなふうに見えたらしい。

「っていうか、その格好でよく人に会えるね」

ぼくは学校から帰って着替《きが》えている途中で、上は学校指定の白シャツで下はパジャマにもしているグレーのハーフパンツで足元は学校指定の白ソックスにおばあちゃん愛用のゴムのサンダルという少し情けない格好だった。

箱森さんは制服のままだ。私服はあまり見たことがない。

「着替えている途中だったんだよ。なんでぼくより先にぼくの部屋に入ってるんだよ」

「同じ部屋で勉強すれば、電気代、節約できるでしょ」

箱森さんはそこが自分の指定席のようにぼくの机にノートを広げた。

「あのさ……着替えたいんだけど」

「ノート見てるし、勝手に着替えたらいいよ」

「あのさ……しばらく一人になりたいんだけど……」

「なんで?」

「なんででも」

「この部屋に一人になって、なにがしたいの? することあるの? あー、えーと、いちおうひーくんも男の子だからあるのか。でも今じゃなくていいでしょ。夜までここに居座《いすわ》るつもりはないし」

「いま、一人になりたいんだ。冗談でなく、本気で」

箱森さんはピタッとシャーペンの動きを止めた。

「わたしには見たいときにオルゴールを見る権利があったよね?」

「じゃあそれを持っていっていいよ」

「これはひーくんのお母さんのだって言ったじゃない」

「そんなのわからないよ。なんとなくそう思っていただけだよ。そんなのだれの物だってもうどうでもいいから、それを見たいならずっと持っていていいから、しばらく一人にしてよ」

「うそつき。ひーくんのお母さんのだって言ってたじゃない」

「でも、箱森さんは最初、自分のかもしれないって言ったじゃないか」

「そのときにひーくんはぼくのお母さんのだって言い張ったでしょう」

「言ったけど……それは勘違《かんちが》いで、やっぱりぼくの物じゃないような気がしてきたから」

「飽きたから捨てるの？　さんざん楽しんでおいて」

「さんざん楽しんだかどうかはわからない。箱森さんのほうが使っていたと思うよ。もうずいぶん前から箱森さんがうちに来たときしか蓋を開けることはないし。だって男がオルゴールの踊り子を見てうっとりしてたら不気味じゃないか」

「ひーくんのバカ！　バカ、バカ、バカ！」

「なんだよ」

「こんなの、わたしだっていらないんだから！」

箱森さんはオルゴールボックスをつかむと、ぼくの部屋の窓を開けて投げ捨てた。

ガシャンとアスファルトに当たる音が聞こえた。窓の外を見ると、少し離《はな》れたところで犬の散歩をしていたおじいさんが物音に驚《おどろ》いた顔をしていた。

「危ないじゃないか。人や車に当たったら殺人罪になるぞ」

「わたしだってね、もうどうだっていい。勝手にしなさいよ！　ひーくんのバカ！　バカ、バカ、バカ！」

箱森さんは怒鳴《どな》り散《ち》らしながらぼくの部屋を飛び出していった。

一人になりたいというぼくの気分までめちゃくちゃに壊《こわ》したままで。

バカと言われたことへの抗議《こうぎ》の気持ちと、箱森さんの子どもっぽい振《ふ》る舞《ま》いにあきれていたこと、それから自分の親の再婚を他人から告げられた直後という精神的打撃《だげき》が大きかったせいもあり、ぼくはあとを追いかけなかった。

オルゴールボックスを拾いに行ったのは、一時間以上経《た》ってぼくの心の中の暴風雨がおさまりはじめてからだ。ぼくは感情を同じ強さで長時間継続《けいぞく》させるのが苦手な性質なのだ。

4

二階の窓から捨てられたオルゴールボックスの木製の外面には衝撃《しょうげき》で砕《くだ》けた跡《あと》がある。でも、箱の形は保っていた。箱の蓋を開けて中を見ると、鏡が割れていた。蓋の内側の鏡ははじめて見たときからひびが入っていたのだけど、それが今回ので大きくなって、いくらか欠けてなくなってしまっていた。それだけではなく、踊り子人形がくるくる回るステージの鏡の面も大きく破損していた。

これでは、人形は躓《つまず》いてしまい、前のようにくるくる回ることはできないだろう。これではオルゴールボックスの価値はない。そして、踊り子人形が見当たらない。折れてバラバラになっているのかと丹念《たんねん》に捜《さが》したけれど見つけられない。散歩の犬がどこかにくわえていったのだろうか。

「ものに八つ当たりすることはないのにな」

子どもっぽいし、がさつなのだ、あの子は。

なぜ箱森さんがあんなふうに怒《おこ》ったのか、ぼくにはわからない。出会ってから何年もオルゴールボックスにこだわっていて、ぼくの部屋まで何度も見に来たくせに、持っていっていいと言ったとたんいらないと言って投げて壊してしまうとは。

壊れて不要になったのならば、捨てるしかない。箱として飾《かざ》っておくには地味すぎるし、はっきりいってこういうレトロな趣味《しゅみ》じゃない。オルゴールの部分は無事だったようで、ゼンマイを巻くとメロディーが鳴りだした。笛吹けども踊《おど》らずってことわざがあったな、意味は忘れたけれど。音楽が鳴っても踊り子は現れない。踊ろうにもフロアはすっかりひびだらけ。

ほかの使い道としては、箱を分解して、オルゴールの中身だけをネットオークションで売るとか？　部品だったら修理用のパーツとしてほしい人がいるかもしれない。でも、このオルゴールにそんな価値があるものなのだろうか。たぶん、ないと思う。

捨てるしかない。だけど、ぼくが捨てるのか？　ぼくは捨てるのは苦手だ。なにかを捨てるとき、ぼくはいつも悪いことをしているような気がする。

悪い魔法使いにもらったどんぐりや輪ゴムだって、まだどこかにしまってあるはずなのだ。

翌朝、ぼくは通学路でも学校でも、もちろんこのアパートでも、箱森さんに会わないように行動した。

はじめはぼくから避《さ》けていたけど、何日か経ってから、相手もぼくを避けているんだなって気づいた。

学校ではあまりしゃべらないから、だれもぼくたちの間に起きた異変に気づくことはなかった。だからぼくと箱森さんの絶交状態は永遠に続くのかもしれない。

その間も、ぼくはオルゴールみたいに繰り返し短く淡《あわ》い恋をした。

清原《きよはら》さんのふくらはぎの、パンパンに張りつめた元気さにくらくらした。

給食のときにぼくの嫌いな春菊《しゅんぎく》の和《あ》え物《もの》を食べてくれた下荒針《しもあらはり》さんの優しさに憧《あこが》れた。

戸祭《とまつり》さんが英語の時間に黒板に「わかりません」と日本語で解答したときの堂々とした字の美しさに心が震《ふる》えた。

茂原《もばら》さんの手《て》の甲《こう》に浮きでた血管の色が植物みたいで、神秘的でかわいらしい人のように感じてしまって、何時間でも見ていたいそして許されるならば触《ふ》れてみたいと思った……。

ぼくは絶望の中でも恋をする。そんな自分に絶望している。

これはもしかしたら、悪い魔法使いのせいなのではないか。

魔法ではなく、呪《のろ》いか？

叔母のさくらさんは祈禱師のお祓いを受けてからだんだん顔色が悪くなった。なにかよからぬものが新たに憑《つ》いたせいだと言うけど、霊的《れいてき》なものよりもっと現実的な、祈禱師に高額なお礼を渡《わた》すために消費者金融《きんゆう》に借金をしたせいで気が重いのだと思う。

ぼくはスピリチュアルなものを信じていないけど、惚れっぽくて醒めやすいこの困った性格が自分の中から出てきているとは思いたくない。だから魔法のせいにすることにした。ぼくは悪い魔法使いに会ったせいで、魔法にかかったんだ。オルゴールみたいにぐるぐる、ありきたりな恋をエンドレスにする魔法。

塾《じゅく》から帰ってくると、アパートの出入り口の郵便受けコーナーに女の人の姿があった。近所のお惣菜屋《そうざいや》さんの買《か》い物袋《ものぶくろ》を下げている。仕事帰りの箱森さんのお母さんだ。無視して通り過ぎるわけにいかず、挨拶《あいさつ》をした。

「こんばんは」

「あら、ひーくんこんばんは。あのう、うちの娘《むすめ》が迷惑《めいわく》をかけていたみたいだけれど……」

社交的な挨拶なのか、先日のことを指しているのかわかりにくい言い方なので、ぼくはいいえとだけ返事した。

箱森さんのお母さんは疲《つか》れているようだった。大人同士で愚痴《ぐち》るみたいにぼくに話す。

「朝も夜も仕事で、かまってやる時間がとれなくて、すぐ近くに友だちができてよかったと、わたしも甘えすぎていました」

そんなことないですととりあえずもごもご言って、その場を離れかけた。背中に声をかけられる。

「萌花がね、オルゴールの箱を返してほしいって。自分で言いなさいって言っても全然話をきかなくて、ひーくんに伝えてくれるまでご飯はいらないってこの一週間、一人のときにも夕食を食べていないようだから。中学生になった子どものケンカに親が口を挟《はさ》むなんてほんとに申し訳ないんだけど」

「じゃあ持ってきます。壊れてますけど」

投げ捨てたくせに、結局は欲しいんじゃないか。しかもお母さんに頼《たの》むなんて、ホントに子どもっぽい。

ぼくはベッドの棚に取りに行って、外階段の途中で待つ箱森さんのお母さんにそれを持っていった。

「あら、それは……義母が持っていたものね」

「はあ……？」

「萌花のおばあちゃんの形見なの。おばあちゃんが亡くなって、家を売ることになって、ここに越してくる前は一緒に住んでいたのだけれど」

なんだって？　じゃあどうして、宛先《あてさき》不明の小包としてアパートの郵便受けコーナーに置いてあったんだ？

「五年生のときに二人で拾って、ぼくが持っていることにしたんです。それで、ときどき見に来ていたんですけど……箱森さんのおばあさんのものと、たまたま似ているだけかもしれません。じゃないと、ぼくはずっと嘘《うそ》をつかれていたことになるし」

「そうね。余計なことを言ってごめんなさいね」

じゃあ、と軽く頭を下げてもどろうとすると、箱森さんのお母さんは言った。

「お父さん、再婚なさったのですってね。先月くらいにね、さくらさんとお惣菜屋さんからの帰り道が一緒になって、少し聞いたの。父親が得くんにいつ話すつもりかわからないからどう接したらいいのかって悩《なや》まれていたわ」

「はあ……」

ぼくに話せないことをよそ様に話すなんて、大人ってわからない。

「あのね。それで萌花は嫉妬《しっと》したのかもしれない。萌花はお父さんを恋しがっていたから。ここに越して以来、ずっと会えてないのよ」

「ぼくのお父さんは再婚相手と別のところに住んでいるのに？」

「ひーくんにじゃなくて、再婚相手に嫉妬したのよ。あなたのことを自分の一部のように感じていたから。お父さんを取られたような感じで」

そんなことがあるのだろうか。

「ぼくのお父さんに会ったこともないのに？　箱森さんはぼくの新しいお母さんって人とすれ違ったことがあるけど、そのときはお母さんだと気づいてなかったと思うのに？」

「会わなかったからこそあれこれ都合よく想像していたんじゃないのかしら。それで、理想化していて、突然、自分が捨てられたような気がしたのね」

それで、ぼくが一人になりたいと言ったときに、ぼくからも捨てられたように感じて怒り出したというのか。そんなの、身勝手すぎるだろ？

親に捨てられたのはこのぼくなのに……。

認めたくなかった事実を、再確認させられてしまった。でも、ぼくは昔から怒るのが苦手だ。怒《いか》りの感情が動こうとすると、なぜか泣いてしまいそうになる。だから、心は固定しておく。

「面倒くさい娘だけど、気が向いたらまた仲良くしてね」

こぎれいな格好をしてくっきりしたお化粧《けしょう》もしているのに、箱森さんのお母さんの後ろ姿は、さくらさんと同じくらいおばさんっぽかった。見た目がどんなにダサいおばさんでも、お母さんと住んでいられるのなら、お父さんが単身赴任《たんしんふにん》で家にいないことくらいぼくだったらなんとも思わない。自分のお父さんが再婚して別のマンションに住みはじめたことすら気づかないくらい、ぼくとお父さんのかかわりは薄いんだから。

その晩、ぼくは勇気を出して、おばあちゃんとさくらさんにお母さんの消息を訊いた。

お母さんのことを訊いたら、ずっとぼくの世話をしてくれてきたおばあちゃんとさくらさんが気を悪くするのではないかと、これまでぼくなりに遠慮《えんりょ》してきたのだ。捜さなければ、もどってきてくれるような気もしていた。悪い魔法使いに連れていかれたのなら、ときどきカラスやコウモリに化けてぼくのようすを見に来てくれているかもしれないし。

おばあちゃんとさくらさんは困惑《こんわく》の表情を浮かべ、何度か目くばせしあい、珍しく背筋を伸ばしてぼくに話した。

「本当にわからないの。わたしたちで捜したこともあったのだけど、手掛《てが》かりもなく忽然《こつぜん》と消えてしまって。一緒に暮らしていると思った相手は、別の人とすぐ再婚して奥さんの実家のブラジルにいるんだわ。得には申し訳ないと思うのだけど」

お母さんとおばあちゃんの仲が悪かったことは、ぼくだって知っている。以前お母さんに訊いたら、ぼくを産むなと言われたせいだって教えてくれた。

「生きてるか死んでるかもわからないの?」

おばあちゃんが口を開く前にさくらさんが言った。

「生きていると思う。得のお母さんなんだもの、どこかで元気に生きてて、毎日、得のことを考えているよ」

嘘だと思う。ぼくが傷つかないように、気をつかってくれただけだ。生きていて毎日ぼくのことを考えているのなら一度くらいは会いに来てくれたっていいはずだ。

さくらさんは、ぼくには本当のことが言えないんだ。ぼくのことをかわいそうな子だと思っているから……。

悪い魔法使いはここにもいたのか。

ぼくはしばらくの間黙ってうつむいていた。それから、どう行動するべきか少し考えて、怒った声にならないように気をつけながら二人に言った。

「明日の朝からはぼくのために玉子焼きを焼かなくていいよ。自分で作るから。たぶんぼくのほうがおいしく作れると思うし。じゃ、いいかげんに明日のテスト勉強をしないとやばいから」

明日からは十分くらい早起きすればいいことだ。

まあ、それが実際はとても難しいんだけど。

中間テストの結果が出そろったころの夕方、ぼくは箱森さんの家のピンポンを押《お》した。

いつもぼくの部屋に箱森さんが押しかけてくる形だったから、ぼくから出向いたのははじめてかもしれない。

玄関まで近づいてくる気配がなかなかしてこないので、知らない人が出てきたらどうしよう、と不安になる。二度目のピンポンを押すべきかためらっているところで中から「はい」と箱森さんの声がした。

「上の階の平出だけど」

「ひーくん？」

ドアが開いた。箱森さんは制服に小学生のときに学校の授業で作ったようなエプロンを着けている。

「久しぶり」

そういう挨拶なのか。なら、合わせる。

「うん、久しぶり。元気そうでよかった」

「なにか用？　いま夕ご飯作っててわりと忙しいんだけど？」

「箱森さんが作ってるの？」

「たまにだけど。なに、わたしが料理しちゃ悪い？」

「料理なんかするなよ。悪い魔法使いにさらわれる」

「わけわかんない。ゲームか何かの話？　急ぎの用じゃなければ、料理の区切りがついたところでひーくんのところに行くけど」

「じゃあそうして」

「ちょっと待って。今度会うときにこれを渡そうと思ってた」

箱森さんはぼくの手に手紙を載せるとぼくを締《し》め出《だ》すようにドアを閉めた。


ひーくんへ。もうわかっていると思うけどあのオルゴールは引っ越してきたばかりの四年生の終わりのころに捨てようと思って、わたしが置きました。いらなかったから。でも、だれかが拾ってくれたらいいなと思って、お届け物みたいに包んであの場所に置きました。

お父さんのほうのおばあちゃんが亡くなってから、相続のことでおじいちゃんとお父さん、親《しん》戚《せき》の人たちみんながケンカばかりするようになって、みんなで一緒に住んでいた家を出ることになって、それからお父さんとも別に暮らすことになって。

バレエをやめなくてはいけなかったのも、悲しかった。

お母さんはウソつきでした。ずっとみんなで仲良く暮らそうって言ってたのに、わたしと二人だけになってるし。よく言えば夢見がちって言うのかも。

おばあちゃんの形見だったはずのその箱がなんだか悪いものを運んできているような気がして、手元に置いておくのが怖《こわ》くなったんです。でも、おばあちゃんのことは好きだったから、捨てられなくて。

だから、ひーくんが拾ってくれたときは嬉しかったのです。ウソをついたつもりはなかったし、騙せてよかったなんてちっとも思っていません。

ひーくんが大切にしてくれていたのに、壊してしまってごめんなさい。人形、なくなってしまったんですね。

ただ、オルゴールの機械の部分が壊れてなかったことはほっとしました。あの音、好きだったから。

もしひーくんが聴きたくなったら、いつでも貸してあげようと思います。


別人が書いたのでは、と疑いたくなるほど素直《すなお》な手紙だった。それに、字が丁寧で、まさに女の子の文字だった。一瞬《いっしゅん》、恋をしそうになるくらいに。

でもぼくは箱森さんには恋をしない。ぼくの恋はすぐ醒めるから、そんなのは嫌なのだ。

「ひーくん、来たよー」

箱森さんは以前と変わらず勝手にぼくの部屋に上がりこんできた。そして前と同じに、堂々とベッドの上であぐらをかいて座《すわ》ってくれた。

「で、なんの用? まさか勉強を教えてとか?」

惨敗《ざんぱい》したテストのことは、まだ思い出したくない。ぼくは以前と同じように床に正座をして、背筋を伸ばして言った。

「たぶんね、あのオルゴールボックスは、魔法使いにすり替《か》えられたんだ」

「なに言ってるの？」

「一瞬でも目を離さなかったって言えるかい？」

「それは……そうだけど」

「ほらね、魔法使いが置いてったんだよ」

「話を百歩譲《ひゃっぽゆず》って、それに何の意味があって、だからどうしたって言うの？」

「問題は、悪い魔法使いなのか、良い魔法使いなのかってことだ」

箱森さんは猫《ねこ》のようにぼくの顔をじっと見て、それからバタンとぼくのベッドに大の字に寝ころんだ。

「ひーくん、なんかおかしいよ。失恋《しつれん》でもした？」

「失恋なら、いつもしてるよ」

「失恋っていうより、勝手に恋して勝手に醒めてるだけじゃない。よく飽きないよね。もっと大人の恋をしなさいよ」

「大人の恋だって終わりはあるけど？」

「それもそうか。そう考えると、ツマンナイね」

箱森さんはうつぶせになって足をバタバタさせた。

「で、用件はそれだけ?」

「いいや、まじめな話をしようと思ったんだけど……」

制服のスカートからパンツを丸出しにして寝そべっている箱森さんを見たら、わざわざ言葉に出さなくてもいいような気がしてくる。でも、伝えないと伝わらない。

「まじめな話だから、笑わないで聞いて。大人の世界に『紙の上の結婚』っていうのがあるだろう。形式上は届け出をしたけど生活の実態がなくなってしまって、ほかに内縁関係《ないえんかんけい》のパートナーがいるときなんかに。そういうのがあるのなら、内縁のきょうだいっていうのがいてもいいと思ったんだ」

「なに、その新発想は。特許とらなきゃ。とっとと特許とらなきゃ」

箱森さんは早口言葉のようにふざける。

「まじめな話だって言ったよね。ぼくたち血はつながってないし戸籍上《こせきじょう》は他人だけど、きょうだいにならないかってこと。内縁のきょうだい」

箱森さんがまたしゃべるまでに数秒の間《ま》があり、最悪の場合は笑い飛ばされるかもと緊張《きんちょう》した。

「どっちが上？」

「同い年だから双子《ふたご》だよ」

「双子にだって上と下はあるでしょう」

箱森さんはこちらに顔を向けた。その眼《め》の強さを見たら、絶対に妹になんてならないからねって言いたいのがわかった。こういうところ、ホントに子どもっぽいな。

まあいいよ、ぼくが下でも。確か、生まれた月はあとだったし。

ぼくは無意識にため息をついたらしく、「なによー、はっきり言いなさいよー」と笑って返された。

きょうだいなら気持ちが醒めても別れない。きょうだいならケンカをするのはふつうだし、離れていてもつながりはある。太陽系の惑星が離《はな》れ離《ばな》れにならないみたいに、あると思いたい。

箱森さんにはオルゴールボックスの踊り子人形のように、元気にくるくる回転していてほしい。そしてぼくはそのそばで、短い恋の歌をなんべんでも歌うから。

# 放課後ビブラート

1

大切な、わたしの未来が決まろうというとっても大切なバイオリン学生コンクール。その舞台《ぶたい》に立つ直前は緊張《きんちょう》のあまり手足の震《ふる》えが止まらなかった。気を紛《まぎ》らわすために、控《ひか》え室《しつ》でかわいい動物の動画を見るつもりでスマホに触《ふ》れたことを、わたしは悔《く》やんでも悔やみきれない。

いつも使っているSNSのアプリを開くと、わたしの目に飛びこんできたのは、よく知る二人の横顔。自動で再生を始めたそれは、「キス動画」だった。

コンクールで知り合って以来、二年前からずっとずっと好きでひそかに片思いをしてきた高校生の秋川《あきかわ》トーマス先輩《せんぱい》が、わたしと同学年のバイオリンのライバル、桜島弥里《さくらじまみさと》にキスをしていた。

ほっぺやおでこにチュッなんてかわいいものじゃない。

唇《くちびる》と唇で、これ見よがしに、ぶっちゅーっと。体も密着している。それにこれは絶対、ベロ、入ってる。うう、気持ち悪い。秋川トーマス先輩の舌なら汚《きたな》くはないけれど、弥里の変な顔も映っているから吐《は》き気《け》がした。

なにかの恋愛映画《れんあいえいが》の再現のつもりだろうか。外国語の歌が流れている。キス動画というものがカップルの間ではやっているのは知っていたけど、それは見知らぬ人同士だから、距離《きょり》を置いてほのぼのと見ていられるのだ。よく知る人たちのキスシーンは……おえぇ生々しすぎる。それに、わっわたしの大切な秋川トーマス先輩に、い、いったいなにをしているのか、こ、こ、このバカ女！

手足の緊張の震えは一瞬《いっしゅん》にしてふっとび、怒《いか》りで全身ががくがく震えた。

恥《はじ》を知れ、恥を！

二人がこんな関係だったなんて、今の今までまったく知らなかった。

動画をアップした恥知《はじし》らずは、弥里のほうだ。インターネットで世間に見せびらかすために、そしてわたしに見せつけるために、きょうを狙《ねら》って、わざわざやったんだろう。桜島弥里は去年一位になったから、今年の学生コンクールには出場しないのだ。

「八番のかた、いませんか？　中学生の部八番の星野美樹《ほしのみき》さん、ソデの椅子《いす》でお待ちください」

怒りのわななきが過ぎてしまうと、わたしは悲しみのどん底に落ちた。自分がどこにいて、これからなにをしようとしているのかもわからなくなっていたくらい、わたしはショック状態に陥《おちい》っていた。

このコンクールの予選で一番になったら、せめて三番以内に入ったら、秋川トーマス先輩に気持ちを打ち明けようと思っていた。

まだ中学生だし、先輩の恋人《こいびと》にしてほしいなんておこがましいことは言わない。ただ単に、ずっと好きだったことを知ってほしかったのと、これからも好きでいることを先輩に「いいよ。もちろんだよ」と笑って認めてほしかっただけだ。

そんな淡《あわ》くて、清く正しい中学生の恋心《こいごころ》のさわやかキラキラが、欲望まみれの小汚《こぎたな》い動画に一瞬にして破壊《はかい》された。そして、わたしの輝《かがや》かしいバイオリン人生も。

前の奏者の演奏のあとに、ステージの真ん中まで歩いていく。練習どおりお辞儀《じぎ》をして、エントリーナンバーと名前を言う。そこまではいつものコンクールの予選と同じ。

ところがバイオリンを構えたとき、左手のポジションがわからなくなった。最初の音を忘れてしまったのだ。

制限時間内に課題曲を二曲《きょく》弾《ひ》かなければならない。なのに頭の中が真っ白になっていることに動揺《どうよう》した。

ううん。真っ白じゃない。死ぬほど練習して完璧《かんぺき》に仕上げたバイオリン曲のメロディー譜《ふ》ではなく、キス動画しか浮《う》かんでこなかった。

落ち着け、自分。

肩《かた》を上げるように深呼吸をして、心を無にして楽器を構え直す。

第一ポジション。開放弦《かいほうげん》のA。すっと短く深く鼻で息を吸って、弓を引く。バッハの無伴奏《むばんそう》バイオリンソナタ第二番アンダンテ。

何万回と練習したのだ。記憶喪失《きおくそうしつ》になっても忘れるはずがない。途中《とちゅう》で、〇・二ミリ三番の指の位置がずれて、少し音程が揺《ゆ》らいだ。でも大丈夫《だいじょうぶ》。このくらいのミスはだれでもする。さすが、わたし。動揺なんてしてないもん。ステージの上では世界一のバイオリニストに徹《てっ》するのだ。一呼吸置いて、引き続き、もう一つの課題曲パガニーニの二十四のカプリース第十九番へ。

この曲は苦手だった。夏のワークショップで海外から招いたベンゲロなんとかってバイオリニストの公開レッスンを受けたとき、ボウイングを注意され、みんなの前でめちゃくちゃ嫌《いや》な思いをしたのだ。

嫌だな。嫌……嫌と言えば、なにあの動画。秋川トーマス先輩、好きだったのに。ひどいよ。先輩はきっと騙《だま》されているに違《ちが》いない。猫《ねこ》かぶりの桜島弥里、許せない。わたしよりあとからバイオリンを習い始めたくせに来年音楽留学するって…………。

雪崩《なだれ》が起きたように集中できなくなって、小鳥がさえずるように軽《かろ》やかに弾くはずだったフレーズが、鶏《にわとり》のシャックリになっていた。音程は合っているから、まだ何とかなる。でも、会場のだれかが、ぷっと噴《ふ》き出《だ》して笑ったのに気づいてしまった。ひどい、だれの関係者？　コンクールで笑うなんて……。わたしは本気……先輩、本気で好きだったのに。っていうか、わたし、なんでこんなところで演奏しているんだろう。だめだめ、ここで上位入賞して本選に行かないと。本選に出場できたら来年短期留学させてって親とも約束したんだから。集中。集中して曲を立て直す。あれっ、いま間違《まちが》えた？　あれ？　あれ？

肝心《かんじん》なときに最悪な演奏をしている自分に猛烈《もうれつ》に腹が立ってきた。かわいらしく、ちょっとおどけた曲のはずが、最後は怒《いか》り狂《くる》ったパガニーニになっていた。

泣きたい。

わたしの人生は、もうおしまいだ。

舞台のソデにもどると、バイオリン教室の岩井権之助《いわいごんのすけ》先生が青ざめた顔をして待ち受けていた。

「よし、よくやった。と言いたいところだが……なにがあったんだい？」

権之助先生の唇に目が吸い寄せられていく。

先生って、こんな分厚い唇をしてたっけ？　縦縞《たてじま》がくっきり入っているし、小さなほくろがあるんだ。別の生き物がくっついているみたい。

「先生って、キスしたことがありますか？　本物の、ちゃんとしたキスのことです」

「はあ？　なんだ急に。そりゃあるだろ。奥《おく》さんがいるんだし」

その気味が悪い唇で？

想像しただけで背筋がぞーっとした。

小学生のころ、だれかが教室で『キスすると一秒間に二億個の細菌《さいきん》が口の中を行ったり来たりするんだよ』って「豆しば」の豆知識を話していたのを突然《とつぜん》、思い出した。

ウミウシの腐乱《ふらん》死体みたいな唇がまた動く。

「まさかそんなこと考えながら演奏していたんじゃないだろうな？　結果を聞かずとも、本選に行くのは無理だろう。これから帰ったらすぐ別のコンクールの課題曲の練習を始めなさい。ゆっくり休めと言いたいところだが、あんな演奏を聞かされたら、ぼくだってさすがにこの一年が水《みず》の泡《あわ》だったのかと天を仰《あお》ぎたくなるよ。きみのご両親には何と言ったらいいのか……」

ゾンビのウミウシに頭を下げて、バイオリンをケースにしまって予選会場を飛び出した。

九月の厳しい残暑の強い日差しに目を細める。

思いっきり泣きたい。泣ける場所に行きたい。駅の多機能トイレとかじゃなくて、どこか、海みたいな、広々として美しいところへ……知らない街へ行こう。

バイオリンケースを背負って家に向かうのとは別の駅のホームに向かっていくと、わたしの決意を踏《ふ》み砕《くだ》こうというのか、若いカップルがいた。

邪魔《じゃま》くさいところに立ち止まったと思ったら、人目を気にせず、一瞬、軽いキスを交《か》わした。

おえええ！

方向転換《てんかん》して、自宅方面へ行く地下鉄に乗った。

海を見て泣く計画は中止だ。このド快晴の日曜に海なんかに行ったら、絶対にカップルがいちゃいちゃしてる。

## 2

きょう、わたしの恋《こい》は終わり、バイオリン人生にも挫折《ざせつ》したのだ。正直に言うと少し前から気づいていた。実はわたしは長年続けてきたバイオリンが向いてないのかもしれないってことに。

小学校低学年の部では敵なしだったわたしの前に、桜島弥里が現れたときだ。はじめは小学校中学年の部だった。バイオリンとピアノを三歳《さい》から続けていたわたしが、七歳からはじめたという桜島弥里に負けたのだ。そして別のコンクールの小学校高学年の部で再会したとき、同着で銅賞になったものの「生まれ持っての才能」というものがこの世にはあるのかもしれないと、わたしは考えずにいられなかった。

そしてこの夏休みの音楽ワークショップの公開レッスンのとき、思い知らされた。

世界的バイオリニストのベンゲロなんとかっておじいちゃんは、わたしに弓の扱《あつか》い方《かた》の指導をした。バイオリンにとって弓の扱い方は基本中の基本で、実は習得するのが一番難しい。おじいちゃんはにこにこしながら、何年間も練習してきたわたしに向かって「基礎《きそ》ができていない」と通訳を介《かい》して告げた。持ち時間十五分の公開レッスン中、わたしは二小節分のフレーズを何十回も繰《く》り返《かえ》して弾かされたのだ。結局、ベンゲロの満足した仕上がりにはならなかった。でも、それはしかたがないのかもしれない。何度お手本を示されても、なにを注意されているのか、どこがどう違うのか、わたしにはまったくわからなかったのだ。

なのに、桜島弥里はわたしが足踏《あしぶ》み状態だったフレーズですんなりOKをもらい、最後まで弾ききった。それだけじゃない、途中でベンゲロは自分のバイオリンを奏《かな》でだし、即興《そっきょう》の二重奏を披露《ひろう》したのだ。

そのとき、わたしは小ホールの客席で秋川トーマス先輩の横に座《すわ》っていたから、めいっぱい小刻みな拍手《はくしゅ》をして、悔《くや》しがっていると感づかれないよう、「先輩、弥里はすごいねー、弥里はすごいねー」って連発するしかなかった。

弥里がニューヨークの音楽学校に短期留学するって話を聞いたのは、そのあとだった。正直、外国になんて興味はなかった。でも、秋川トーマス先輩も何度か海外へ行っているという話を聞いたし、あとから始めた弥里と音楽経験の差がついてしまうのは嫌だ。

だからわたしも無理を言って、親に駄々《だだ》をこねてこの九月の学生コンクールで本大会に出場できたら、来年の夏に留学って約束を取り付けたのだ。

留学したら、秋川トーマス先輩と少し対等になれるかなって思っていたから。学校のみんなから中学生なのに音楽留学するなんてすごいねって言ってもらえると思っていたから。

でも……いまは絶望しかない。

わたしは家の近くの谷沢川《やざわがわ》の栄橋《さかえばし》の上に立つ。

橋と言っても、ふつうに道路が通っている平らな味気ない橋。そして、谷沢川は川幅《かわはば》が三メートルくらいの用水路に毛が生えた、というか、藻《も》が生えた巨大《きょだい》な下水みたいだ。

春先は桜並木がきれいだけれど、両岸は垂直のコンクリートで、四メートルくらい下をわずかな水がヘドロにしみていくようにゆったり流れている。

ここから飛び降りたら、溺死《できし》するより底のヘドロの下のコンクリートに激突《げきとつ》して頭が割れて死ぬんだと思う。

「痛いよ、絶対」

一瞬、そのことを想像して、身震《みぶる》いをした。

三歳でバイオリンをはじめて、毎日、毎日、練習してきた。そりゃ、十回弾くように言われた基礎練を三回くらいにして回数はごまかしたけれど、まったく練習をしていない子よりはしてきたと思う。左手の指先の皮がむけたり、硬《かた》いタコができるほどバイオリンに触れていたし、中学では部活動もしないで真っ先に家に帰って練習していた。みんなが爪《つめ》を伸《の》ばしてネイルアートで遊んでいるときにも、バイオリンのために爪を短く切りつめた。

形の悪い短すぎる爪は、バイオリニストの証《あか》しだ。

でも。

なんだろう。

もう、ムリ。

期待は重い。

がんばって、努力と精神力でなんとかなることじゃないよ。

もし、なんとかなるとしても、わたしはもうだめだ。そこまでやりたい気持ちがない。

だって、弥里の演奏を聴《き》いて以来、弾くことが全然楽しくない。レッスンを続けて大きなコンクールに出ていれば、群馬《ぐんま》在住の秋川トーマス先輩にまた会えるかもしれないから、そのことだけを楽しみに、自分を騙してレッスンを受けてきたのだ。

なのに、あのキス動画。そして、きょうのコンクールでの情けないていたらくぶり。中二の女の子が将来を悲観して絶望するには十分だ。

炎天下《えんてんか》、背中に汗《あせ》でぴったり張り付いたカーボンファイバーのバイオリンケースを、剝《は》がすように両手で持ち上げた。

名器ガルネリ・デル・ジェスをモデルにしたバイオリン。親は七十万円もしたって話していた。でも、わたしの演奏は、七十万円の楽器を使う価値もない。ちなみに弓は十五万。ケースは十二万円くらいのはず。

「飛び降りたら痛いから、わたしの代わりに死んでください……」

そう言ったものの、なかなか手を離《はな》すことができなかった。

つらくて、つらくて、涙《なみだ》をいっぱい流しながら、円盤投《えんばんな》げの選手のようにくるくるまわって「えいやっ」と川に放り投げた。

どっぼーん。

さよなら、わたしの青春。輝かしい未来。

約百万円なら、わたしの身代わりには高すぎず安すぎずちょうどいい。そんな気がした。親に叱《しか》られたら、わたしとバイオリンどっちを失《な》くすのがましなのかって言ってやる。

あとはおとなしく家に帰って、自分の部屋で、思いっきり泣くしかない。自分のベッドで、自分の汗のにおいの染《し》みついたタオルケットでもかぶって、思いっきり大声で泣いてやるんだ……防音の二重窓だし。

最後に、流れていくバイオリンケースを見てやろうと、川下に目をやった。

水に浮くかと思ったのに、どこにも見当たらない。

「あれ？　川に捨てたよね？　音も聞いたし……」

すると、ある場所からぶくぶくっと泡が立ちはじめた。意外と水深が深かったのかな。

と、ざばっと人が現れた。イルカショーのトレーナーのお兄さんが、イルカの鼻先で水上に持ち上げてもらうみたいな勢いで。

「はあい、はじめまして。アイム、デイティ・オブ・ザ・ヤザワリバー。多神教の川の神でぇーす！　貢《みつ》ぎ物《もの》、センキュー！」

バイオリンケースを持って現れたのは、イケメンバイオリニストのデイヴィッド・ギャレットみたいなセクシーワイルドな川の神だった。古代ローマ人みたいな装束《しょうぞく》の首元をかなり緩《ゆる》ませていて、胸筋を見せている。筋肉はいいけど、ふだん目にすることのない金色の胸毛《むなげ》が少し怖《こわ》い。

「あのぅ、神だとしても、ふざけすぎてませんか？」

「はりきってまーす。推定八十五万円、下取り価格八万円相当の貢ぎ物は久しぶりみたいな、みたいな？」

「下取りが八万円って……」

絶句するところが違うかもしれないけれど、身代わりにバイオリンを捨てたいまのわたしの価値なんて、せいぜい八万円くらいなのかもしれない。体重約四十キロで八万円ってことは、肉で換算《かんさん》したら百グラム二百円くらいだから和牛肉の価値もない。せいぜい豚《ぶた》ばらだな。

「わざわざお礼を言いに出てきてくださってありがとうございました」

「ジャカジャカジャン。ただいま貢ぎ物わくわくキャンペーン実施中《じっしちゅう》です。あなたはときめくマジカル・ガール券が当たりました。おめでとうございます。あなたは本日から魔法少女《まほうしょうじょ》になります」

「は？　契約《けいやく》なんてしませんよ」

なに言ってんだこのオッサン、という冷たい目になってしまったと思う。

「契約ではありません。神からのギフトです。戸惑《とまど》う気持ちはわかりますが、このあとすぐに等々力渓谷《とどろきけいこく》で地神《じがみ》定例会が入っているので、手短に説明します。神からのギフトはだれにも拒否《きょひ》できません」

「はあ？」

「まだ中学生ということで、学業に専念していただくため稼働《かどう》開始時刻は放課後からとします。夜間作業は、労働基準法第五十六条第二項《こう》、第六十一条第五項に倣《なら》って午後八時までとします」

「神が労働基準法、気にするんだ」

「コンプライアンスの徹底《てってい》。法令順守の精神で業界を挙げて努力しています。さて、支給の制服ですが、これですね」

川の神はわたしのバイオリンケースを空高くほうり上げた。

閃光《せんこう》が走り、バラバラに破裂《はれつ》して、軽やかな衣装《いしょう》となってわたしの体にまとわりついてきた。

魔法少女と言われて予想はしていたけれど、フリフリの服だ。すごく恥《は》ずかしい。でも、こんなかわいい服をちょっと着てみたいと思っていた。

「基本コスチュームはその形です」

「あの、スカートの丈《たけ》をもう少し長くしてください」

スカートというより、シャンプーハットを腰《こし》につけたみたいなひらひらなのだ。三分丈のスパッツを穿《は》いているとしても、この丈はあり得ない。

「あと、この胸元《むなもと》、開きすぎじゃないですか？　ちょっとゆるゆるなんですけど」

「あんこ忘れてた。ダミーバスト・プロテクター詰《つ》めといて。鎧《よろい》の下につける鎖帷子《くさりかたびら》みたいな役割になるから」

それは、不自然なほど出っ張った胸の谷間の形をしていた。

「これをつけさせられるって、えっと、なんていうんだっけ、そうだ、『屈辱的《くつじょくてき》』な気がします」

「とにかくつけてみなさい。調整するから」

しかたなく、懐《ふところ》に差しこむ。男子が読むラノベの表紙の女の子みたいになった。

「無駄《むだ》デカッ」

「もっと膨《ふく》らんでいてもいいと思いますけどね」

「よくないです。偽物《にせもの》だし、ホルスタインじゃないんですから」

川の神がパチンと指を鳴らすと、空で輝いていたバイオリンケースだったものの残りがばらばらと降ってきて、わたしのひじや膝《ひざ》、腰回りや頭に次々とくっついて、かわいらしい防具に変形していった。

「では、この形状で記憶します。あなたは魔法少女への変身を望んだとき、約五秒で現在のコスチュームに自動的に着替《きが》えることができます。まず、最初の一秒で服が徐々《じょじょ》に消失します。次の二秒でボディーラインがフラッシュ。裸体《らたい》を隠《かく》すために」

「裸体って……裸《はだか》になるんですか。絶対に嫌です」

「目くらましと逆光で見えませんが、心配でしたら肌色《はだいろ》の小さめのパンツを穿いておいてください。三秒目で亜空間《あくうかん》から現れたバイオリンが分解され、リボンやフリルやハートの形の花びらとともにくるくるしながら、四秒目に股間《こかん》とおっぱい部分に防具がセットされ、それからブーツ、膝、ひじ、肩、頭部と装飾《そうしょく》されていき、五秒目に決めポーズになります。その間、わきの下をしっかり見せるように両手を上にあげて、三回ターンをしてください」

「なんでわきの下?」

「一定数の男性は、女の子のわきの下が好きなんです。しっかり見せてあげてください。毎日のお手入れも忘れずに」

「なんでそんな変な人のためにわざわざ」

「時間がありませんので、ご質問はウェブで。いまから決めポーズをしますから覚えてください」
☆☆☆あなたのハートをビブラート♪♪♪　愛編むＪＣ……
「愛編むって、I am にかけているんですね。ＪＣは女子中学生のことで」

「最後まで聞いてください。続けますよ」

ギャル・ネリ来ました！

「来ましたって。そこは登場とか、見参って言うところじゃないの？」

「来ましたのほうが女子中学生らしいじゃないですか。ふだん言わないでしょ、見参って。はい、やってみて」

やらなきゃ、家に帰れない雰囲気《ふんいき》。神、さっきから時間を気にしていらだち始めてきたし。しかたなしに真似《まね》てみる。手話ダンスみたいな動きをつけて。いや、これ絶対に手話だと思う。さすが神はそこいらの振付師《ふりつけし》とは目の付け所が違う。
☆☆☆あなたのハートをビブラート♪♪♪　愛編むＪＣ、ギャル・ネリ来ました！
「あの……恥ずかしいです」

「すぐに慣れます。最初だけです。こういうのはね、堂々と思いっきりやったほうが、恥ずかしくないですよ。駅のホームで、駅務員さんが声を出しながら指差し確認《かくにん》しているところを見たことがありますか。一人でも大きな声で大きな身振《みぶ》りで『線路よーし、反応灯よーし』ってやってるでしょう。あれ、堂々としているからかっこいいし、安心できるんです。照れながら小声で小さくやっていたら、不安になるじゃないですか」

「それはそうかもしれないけど……でも、これってなんだかコスプレみたいだし。そういう世界、昔からあんま興味なくて」

「あなた、死のうと思って、身代わりに大切なバイオリンを川に投げたんでしょ？　もう死んだと思えば、生きて恥をさらすくらい全然怖くないですよ。ドンマイ」

「嫌ですよ！　だって死んでないし」

「逃《に》げるな！　まだ十三年と六か月しか生きてない小娘《こむすめ》が、神に口答えをするな！　このギフトを受け取らなければ、バイオリンのないきみの人生に、いったいなにが残るというんだ！」

言われたくないことを言われてしまった。

「きみはこの日のこの邂逅《かいこう》を感謝するだろう。新たな人生の幕開けなのだよ。やべ、時間。んじゃ」

「あの、変身スティックみたいのはないんですか」

「きみのスマホに専用アプリをダウンロードしておいた。機種変更《へんこう》するときは事前にカスタマーサービスまでご連絡《れんらく》を。詳細《しょうさい》は、アプリから召喚《しょうかん》された相棒に」

「待ってもう一つ。元にもどるときは」

川の神は片手の指でＦの形を作って水中にぶくぶく沈《しず》みながら答えてくれた。

「終わりのフィーネ、お役に立ててうれフィーネ」

バイオリンを投げる代わりに、自分が沈めばよかったと思う。

早く家に帰って、わが身の不幸を嘆《なげ》きたい。

3

翌朝、泣きはらした目で中学校に行った。

コンクールの結果が伝わっているのだろうか、だれもわたしに近づいてこなかった。

余計なことに触れずに、放っておいてくれるのはありがたい。でも、二、三日経《た》ってもクラスの人たちの態度は同じだった。

これまではずっと二十四時間バイオリンのことしか考えていなかった。

休み時間にはずっと音楽家のエッセイばかり読んでいたし、昼休みには音楽プレイヤーのイヤホンがばれないように人けのない廊下《ろうか》や下駄箱《げたばこ》あたりをふらふら移動しながらクラシック音楽を聴いていたし、部活もやってない。

ハッとした。

わたしって、だれと仲が良かったんだっけ？

教室を見回したけど、友だちはこの子だとはっきり思える子がいない。まさかここまで自分がクラスから浮いていたとは思わなかった。いつもバイオリンのことで精いっぱいで、学校生活のことなんて気にも留めていなかった。

絶望したり泣いていることに飽《あ》きると、とにかく退屈《たいくつ》なのだった。バイオリンを捨てたわたしは、予想した以上に空っぽだった。

ボッチ状態をようやく自覚した金曜の朝、わたしは一番近い席の女の子に話しかけた。

「ねえねえ、わたしバイオリンやめたんだ」

「どうして？」

「才能ないってわかったから」

「そうなんだー。ふーん。じゃあふつうの中学生になるの？」

「ふつうというか、いままでも学校ではなるべくふつうにしているつもりだったけれど、もっとふつうになるのかな」

「よかったね」

ら。

あ、それって良いことなのか。と、妙《みょう》に驚《おどろ》いた。ずっと、ふつうはつまらないと思っていたか

「ふつうってどうしたらいいの？」

「周りを見て、ふつうにしてたらいいんじゃない？」

「そっか。ありがとう。あの……休み時間、一緒《いっしょ》にいてもいい？」

おずおずと訊《き》いた。

こんなふつうの子に頼《たの》みごとをするなんて……。

胸の谷間の形のダミーバスト・プロテクターをつけさせられたときみたいに、屈辱的な気持ちが心にわいてきた。

「えっと……、いちおうチーコたちにも訊いてみてよ。わたしは全然かまわないけど」

ふつうの子は、みんなを第一に考えて自分で判断をしないのだ。

「チーコって？」

「中村《なかむら》さんのこと」

ああ、内巻《うちま》き髪《がみ》のうるさい子か。なんとなくあの子とはあまりしゃべりたくない。でも、成り行き上、しかたがないから声をかけよう。

「中村さん。休み時間に、中村さんたちとかと一緒にいてもいい」

「えっ、なに、どうしちゃったの星野さん。いいよ。もちろん大歓迎《だいかんげい》だよねー、みんな？　星野さんみたいな大人っぽい人、かっこいいよねーっていつも思ってた。孤独《こどく》オッケー、みたいな？いまどきクラシック、みたいな？」

高いテンションで歓迎してもらえて、教室内で所属するグループを確保できたので、ひとまずほっとした。お礼を言って、自分の席にもどる。

「許可してもらった」

近くの席の子に報告すると、「そう」とだけ返された。

おとなしい子だ。声をかける相手を失敗したかなと思う。

彼女《かのじょ》の手元を覗《のぞ》きこむと、本があった。黒っぽい表紙で、男の子向けの小説みたい。頸《くび》を伸ばすとタイトルが見えた。

『パーシー・ジャクソンとオリンポスの神々《かみがみ》』

「なに？」

覗きこんでいるのを彼女に気づかれた。少し嫌そうに訊かれて、慌《あわ》てた。

「その本のオリンポスの神々って、多神教？」

「タシンキョー……やっぱり星野さんって、難しい言葉を知ってるのね。ギリシャ神話の神様が出てくる話だから、多神教っていうのでいいと思う」

「多神教の神なら、わたし一人知ってる。デイティ・オブ・ザ・ヤザワリバー」

女の子はきょとんとする。名札が見えた。石川未来《いしかわみらい》さんだ。そういえばそんな名前だった。印象が薄《うす》いから、忘れてた。

「マジ自分でも信じられないんだけど、日曜日に栄橋のところで川の神に逢《あ》っちゃって……ヒャッ！」

スカートのポケットがいきなりブルブル振動《しんどう》した。

手を入れて出してみると、スマホだ。

「えっ、持ってきたっけ？」

うちの中学校は、携帯《けいたい》電話などは持《も》ちこみ禁止になっている。いつも家に置いてきているのに。

それにあのけがらわしいキス動画を思い出すから、あの日以来スマホにはなるべく触《さわ》らないようにしていた。

すぐポケットにもどしたけど、石川さんはわたしを咎《とが》めるような目を向けていた。

「あ、ちょっとトイレ」

生徒が出入りしている朝のトイレじゃなくて、特別教室のあるほうの、この時間、人が来そうにない屋上へ行く階段のどん詰《づ》まりまで走っていった。

どうしてスマホがポケットに？　ついさっきまでは、重さも感じていなかった。

屋上へのドアの手前の段に腰掛《こしか》けて、スマホの画面を見る。

『魔法少女アプリを起動しよう』『魔法少女アプリのダウンロードが完了《かんりょう》しています』『魔法少女アプリをいますぐタップ！』

プッシュ画面が出てきて、ものすごいアピールをしていた。

変身するつもりなんてなかったから、アプリをずっと無視し続けていた。アプリを画面から削除《さくじょ》しても、しばらくするとまた現れるし、通知の設定をしないようにしていたはずなのに、いつのまにか変更されていた。

家に置いてきたはずなのに、制服のポケットに出現させるとは、さすが神。

神からのギフトはだれにも拒否できませんって言ってたなあ。

しかたなしにアプリをタップする。もしかしたら、魔法少女の辞退のしかたが中に載《の》っているかもしれない。

画面が光って、ぽーんと丸い球が飛び出してきた。

何者かが召喚されたのだ。

「やあ、相棒！　ぼくの名前はセクハラ・ティーチャー、こう見えても、不思議な生き物なんだ」

わざわざ言わなくても、不思議な生き物にしか見えない。失敗したネコ型肉まんみたいな、柔《やわ》らかそうなモフモフ。

魔法少女にはつきものだよね、こういうペットっぽい使い魔《つかま》。

モフモフの毛が暑そうだ。九月といえどまだ暑いのに、見た目だけじゃなくて充電中《じゅうでんちゅう》のスマホなみにホッカホカに発熱している。

「セクハラ・ティーチャーって……名前、変えません？」

「こう見えても、ネットの公募《こうぼ》でアンケート人気ナンバーワンの名前だったんだ。変えられないんだよ」

「二位の名前は？」

「クサレブタマン」

それって、いじめられているのでは。

「えっと、セクハラ・ティーチャーだと長いから、略してセッティーにしようか」

「しょうがないな」

「それでさ、せっかく出てきてもらったところなんだけど、わたし魔法少女するのは無理だから。ふつうの女の子をするのだけで、いまは十分なんだ。慣れてないし」

「子どものＰＴＡの役員を押《お》し付《つ》けられてしまったときの、ブラック企業《きぎょう》でフルタイムで働くお母さんみたいな顔をしてるね」

「そのたとえでは、どんな顔に見えているのかわたしにはよくわからない」

「もう決まったことですから、よろしくお願いしますね。ぼくは、きみに呼び出されないと死ぬ。きみの変身は、ぼくにとってのご飯と同じだ。ぼくらは運命共同体なんだよ」

「あ、わたし、変身しなくても全然かまわないですけど」

「ぼくが死ぬって言ったよね？」

「それは聞いたけど、セッティーは不思議な生き物なんだし、死んでもどうってことないよね。わたしが死ぬわけじゃないし」

「ぼくが死ぬとき、アプリは制御《せいぎょ》不能となり、きみのスマホの中のデータのすべてが自動的にネットにばらまかれます。きみの個人情報も削除済みの恥ずかしい自撮《じど》り写真もすべて復元されてネットにばらまかれます。そして最終的にはスマホ本体ごとアプリが消滅《しょうめつ》します」

スマホ本体ごと消滅って……。

「もしかしてわたし、脅《おど》されてる？」

「システムの説明をしているだけです。というわけで、きょうの放課後、お願いしますね。きょう魔法少女にならないと、ぼく、死にますから」

セッティーは言うだけ言うと、スマホの画面に下りて、ぱちんと消えた。

## 4

放課後が来た。

バイオリンを捨てるまでのわたしは、一秒でも多く楽器の練習をするために早歩きで教室を出ていった。特に、打倒《だとう》・桜島弥里をひそかな目標に掲《かか》げてからのこの一年は、帰りのホームルームが終わるや否《いな》や、わき目もふらずに自宅への道を競走馬さながらに走って帰った。

でも、いまはそんなに慌てて帰らなくてもいいわけで、家に帰ってもなにもしたいことはないわけで、さようならのあいさつをしてから帰《かえ》り支度《じたく》をぐずぐずやる。

周りのみんなの様子を観察すると、特段の人生の目標もなさそうなふつうの平凡《へいぼん》な人たちではあるけれど、それぞれやるべきものを持っていて、声をかけ合って部活に行く人、一緒に下校しようと約束を交わす人、塾《じゅく》の前に遊ばないかと誘《さそ》う人などがいる。

十分も経つと、ついに教室からだれもいなくなる。

騒《さわ》がしかった教室に静寂《せいじゃく》がおとずれる。

四分の四拍子《びょうし》のアンダンテで全休符《ぜんきゅうふ》を十六小節分考える。

知らなかった。

バイオリンが弾けなくても、人はふつうに生きているのだ。才能へのコンプレックスなんて持つこともなく。

ずっと、自分は特別なのだと思っていた。そのことはいまも変わらないけれど、特別でない人たちはきっと、ふつうすぎることに申し訳ないと思っているんだろうし、心中は恥ずかしさで一《いっ》杯《ぱい》なのに違いないと思っていた。

しかし実際は、実にのびのびと、のんきそうなのだ。

そしてそういう人に限って、自分は人よりも苦労しているしがんばっていると思っている。

なんだか、不公平だ。

わたしのほうが何万倍も太く、長く、努力してきたというのに。

スカートのポケットの中でスマホがブルルと震えだした。

セッティーが催促《さいそく》しているのだ。

魔法少女に変身しろと。

バカバカしい。ちゃんちゃらおかしい。笑止千万《しょうしせんばん》。

アプリに住んでいる不思議な生き物を助けるために、なんでわたしが変身しなくちゃならないんだ。

川の神からのギフトなんて、欲《ほ》しかったわけじゃない。

わたしは自分を殺す身代わりに、バイオリンを殺しただけ。血と汗と涙とわたしの子ども時代のすべてが染みこんだ、下取り査定がたった八万円にしかならないバイオリン一式を……。

ポケットのスマホの振動が、いつまでも止まらない。三十二小節分我慢《がまん》したけれど、まだやまない。

「しつこいよ！」

しかたなくボタンを押《お》して画面を見ると、『そだてよう奉仕《ほうし》の心、感謝の気持ち』とポップアップが出ていた。

「なんで、ふつうの人たちのためにわたしがなにかをしてあげなきゃならないの？」

画面が光って、ポーンとクサレブタマン……じゃなくてセッティーが現れた。

「なにかをしろとは言ってない。一定期間内に変身さえしてくれれば、ぼくはかまわない」

「変身だけでいいの？　なにかを魔法で解決するんじゃないの？」

セッティーは投げやりに言った。

「マニア的には変身シーンが見れればいいんじゃないの？　魔法少女になんてだれも期待なんかしてないよ。正義のヒーローでも名探偵《めいたんてい》でもないんだしさ」

「でも、魔法少女になったら、ふつうは人助けとか邪悪《じゃあく》なものの退治とか、正しいことをするものでしょう？」

「正しいってなに？　だいたい魔法でなにかを解決するって、正しいことだと思う？　掃除機《そうじき》みたいに部分的に邪気《じゃき》を吸い取ったりポリープの手術でもするようにそこだけくりぬいて削除したりして、それで根本的な解決になると思う？」

「えっと……」

まさかそう訊かれるとは思わなかった。

「そういうのはわたしが考えることじゃない気がするし、どうでもいいっていうか、セッティーって、見た目によらず面倒《めんどう》くさい性格なんだね」

「すばらしいよ。実に適任者だ。きみみたいななにも考えてない子どもじゃないと、魔法少女はできないんだよ。魔法の仕組みや解決方法に少しでも疑問を持ったら成り立たないことだから。川の神って、意外とそういうセンスがあるんだよね。神が神でいるためには、賢《かしこ》い人には力を与《あた》えてはいけないんだ」

「帰ろうっと」

「ぼくの話、聞いてる？」

「興味ないから」

「とにかくきょうの八時までに変身しないと、きみのスマホが壊《こわ》れるってこと」

「なんで？」

セッティーは全身のモフモフを逆立てた。

「それ、もう説明してるから!!」

「壊れるのはやだな。かわいく撮ろうとして失敗した自撮り画像を人に見られるのもやだし」

「魔法少女に変身するだけ。チョー簡単なボランティアでしょ!」

「押し付けられるとやる気失くすし。正直うざいし」

「やることやってくれれば、うるさくしないよ。ぼくは死にたくないだけだ。きみだってスマホ壊されたくないでしょ。ギブ&テイクだよ」

「あ、そっか。じゃあ、しょうがないなあ……まあ、きょうはわりと暇《ひま》だし」

帰宅後、わたしは一回目の変身をした。

玄関《げんかん》の大きな姿見で確認すると、思ったよりかわいく変身できていた。

はじめてのときは恥ずかしいだけだったけど、見慣れてくるとこれはこれで魔法少女らしくてかわいいかもしれない。

記念に自撮りする。

家の中ではどう工夫《くふう》しても、カーテンや生活家電が写るのでコスプレが趣味《しゅみ》の中学生みたいになってしまった。

「あのさ、なんで一緒に写りこむわけ?　セッティーが肩の上にいると、むちゃくちゃ熱いんだけど。これから寒くなってきたら便利でいいけど」

「こう見えても、ぼくは夏場は蒸《む》したように熱く、冬場はドライアイスなみに冷たくなるんだ。ぼくはつねにそばにいる人が不快に感じる体温になるように設定されている！」

「なに自慢《じまん》げに言ってるの」

「こう見えても、ぼくはペットや便利屋ではなくプロの使い魔だからね。相棒といえどつねに距離は必要なんだよ。魔法少女とぐだぐだな関係になって一体化したらぼくの存在理由がなくなるからね」

「存在理由……そんなこと考えているんだ？」

「言ってみただけだよ」

スマホに、魔法少女アプリからのポップアップが表示された。

『ハートコインが届いています』

「ああ、ハートコインというのは評価になることをしたときにカウントされていくやつね。それは初回ボーナスコイン。きみは興味なさそうだから説明しなかった。１０００ポイントたまったら五百円分の電子マネーとして使えるよ」

「まじ？　お金の代わりになるの？　でも千回変身しないとダメってこと？」

アプリをクリックしてハートコイン・ボックスを開いてみると、噴火《ふんか》するみたいにドーンとハート型のコインがわき出てきた。

パチンコ……はやったことがないけれど、パチンコとかスロットマシーンとかが大当たりするときみたいに、ジャラジャラジャーンとわいてくる。

ヤバッ、快感！

一回でもらえるのは一個か二個くらいだと思っていたから、嬉《うれ》しさ倍増。一個の価値が〇・五円だとしても、コインを浴びるって気分がいい。

「射幸心をあおるようにできているんだ。神のやることって、えげつないよね」

「神批判して大丈夫なの？」

「こう見えても、ぼくはプログラム生命体だから、神に消されても魔法少女アプリが機能している間は自動再生する裏コマンドがいっぱいあるんだ。そう簡単には駆除《くじょ》できないから大丈夫」

神より最強のコンピューターウイルスだな。

「評価になることをすればコインがもらえるなら、やっぱ人助けをしなさいってことじゃない？」

「それはどうかな。ハートコインの出所は神の財布《さいふ》じゃないよ」

えっ？

「魔法少女に変身したきみの行動は、動画や画像に編集されて、有料動画サイトで配信されているんだ。その視聴者《しちょうしゃ》からのイイネの数でハートコインの数は換算される」

「ちょ、ちょっと待って。ネット配信て？」

「魔法少女のイメージに合わない部分は使わないから大丈夫。こっちだってプロだからね。専用の公式ブログがあるから、はじめて変身したときの自撮りの写真をあげておきなよ。そういうのでもハートコインがもらえるよ。『ギャル・ネリ』は新しいコンテンツだし、きみ、新人だから、期待値が高いと思う」

「え……えーと、ごめん。話についていけてない」

「だんだんわかるよ。ハートコインがたまれば、新しいアイテムに交換《こうかん》できるし、魔法も使えるようになるよ。かなり本気でやらないと、だいたいの子は交通費で消えちゃうけどね」

「交通費って？」

「毎回部屋の中で変身しているだけじゃ飽きるでしょ。どうやったら視聴者のイイネを効率よく獲得《かくとく》できるかは、きみ次第《しだい》だから」

お小遣《こづか》いに困っているわけじゃないけれど、人に注目されてお金がもらえるというのはちょっと魅力的《みりょくてき》な気がする。

わたしの夢は、世界的なソリストになって美しく可憐《かれん》なドレスを着てウン億円のオールドバイオリンとともにステージに立ち、人々を魅了《みりょう》することだった。わたしの微笑《ほほえ》みひとつで世界の色が変わる——そんなミューズになりたかった。だから、魔法少女としてネットで注目されるのは、たぶん気持ちがいいだろう。でも、ためらいもある。

「魔法少女ってなんのためにいるの？」

「さあね。そういうのが好きな人がいるからじゃない？」

「わけわかんない」

「バイオリニストってなんのためにいるの？　音楽を聴きたいだけなら、別にバイオリンじゃなくてもいいんじゃない？　パソコンでも音は作れるし、どこにいてもそこらじゅうで音楽がかってて、うるさいくらいだ。人にわざわざ時間とお金を払《はら》って楽器を演奏してもらいたいと思う人って、いまどれだけいるの？　なのになんできみはなれるかどうかもわからないバイオリニストを目指していたんだい」

グサッと来た。言い返したいのに、返せる言葉が出てこない。

「バイオリンのことはもう関係ないから」

## 5

クラスの子と友だちになる許可を得て数日が過ぎたとき、近くの席の石川未来さんがわたしの机に本を置いた。

「はい、これ」

『空色勾玉』という本。四字熟語？

「この本、日本の神様の話をベースにしたファンタジーなんだけど、すっごく面白《おもしろ》いから読んでみて」

「えっと、なんで貸してくれるの？」

「この前、多神教に興味があるって言っていたから、日本の八百万《やおよろず》の神《かみ》にも興味があるかと思って」

そういえば、谷沢川で会った川の神の話をちょっとした。

「わたし、あんまりファンタジーって読まないんだけど……」

「大丈夫。すっごくリアルで本当のお話みたいだから。このお話、続きの本もあるから、明日持ってきてあげるね」

せっかくすすめてくれたのに、読みもせずに断るのは悪いような気がして、その場ですぐに返せなかった。中を見て後悔《こうかい》した。文字ばかりだ。まずタイトルの読み方すらわからない。でも、バカだと思われたくない。

「石川さんて、意外と読書家なんだね」

「図書委員の先輩が、いろいろすすめてくれるから。この本も先輩が教えてくれた本で……」

石川さんはそう言いながら顔を赤くした。

どうしたのかな。図書委員の先輩のことを考えたからかな？

「その先輩って、男の人？」

「えっ、そうだけど……ただ先輩として尊敬しているわけで、恋愛とかそんなんじゃないよ。本当だよ。変なふうにとらないでね。絶対だよ。わたしと先輩がどうこうなんて、そんなおこがましいこと考えたこともないし、カウンター当番のときにいろいろ話をしていたら頭がいいなあって思って、もっと本のこと教えてほしいなって思って。一年しか違わないのに先輩すごいって」

「ああ、はい、はい」

ふうん、そうか。好きなのか。恋する乙女《おとめ》か。

「石川さんて、ふつうっぽいよね。いいね。ちゃんと部活もやってるし、ふつうの中学生って感じで。そういう人って先輩たちから好かれそう」

少しリップサービス。

「そうかな。わたしなにをやっても全然ダメで。それに惚《ほ》れっぽいところがあるし、すぐ騙されるし……」

ごにょごにょ言われると、イラッとする。でもバイオリンをやめたわたしも、はたから見たら「ふつうのみんな」と同じような人なのだ。

ふつうでいいんだ、ふつうで。そう思うのに、わたしはずっとイライラしている。

バイオリンを「失くした」ことがとうとう親にバレた。工房《こうぼう》にメンテナンスに出したという嘘《うそ》が通用したのは三日間だけだった。

きっぱりやめた、とは親に言えなかった。

物心つく前からバイオリンしかやってこなかったわたしに、ほかになにができるだろうか。バイオリンをしていたころは、毎朝五時に起きて登校前の早朝練習を二時間していた。規則正しい健康的な生活は、音感を育てるはずだし美しい音楽を奏でる基《もと》となると信じていた。そんな生活を十二年近く続けてきた。

朝練習をサボりすぎていることでは親の小言が続いている。放課後は、親が調達してきた予備のバイオリンを持ち、上級者のレッスンを見学するとか合奏の練習に交じるとかの口実で帰宅後すぐに家を出て、マンションのごみ回収ボックスにバイオリンを隠して街を数時間さまよう毎日になっていた。

出かけた先で、わたしはしばし途方《とほう》に暮れ、手持《ても》ち無沙汰《ぶさた》になり、そして退屈しのぎに、しかたなしに「ギャル・ネリ」に変身した。人けのない路地で、公園のだれでもトイレで、書店のドリル売り場の死角で、こっそりと。

そうしないとセッティーが死ぬ……からじゃなくて、データが流出したうえにスマホが消滅してしまうからだ。

スマホがないと、秋川トーマス先輩とのつながりが切れてしまう。先輩のことで、わたしはどうしても一つ心残りのことがある。嫌々《いやいや》ながらも変身するうち、ためたハートコインを電車賃にあてて群馬の秋川トーマス先輩に会いに行くことを思いついたのだ。

それに、ハートコイン・ボックスからハート型のコインがジャラジャラジャーンと噴火してきて、コインがたまっていくのを見るのは、あほらしいと思いつつも、やっぱりなかなか気分がよかったのだ。

「ギャル・ネリ」はわたしのやる気とは関係なしに注目されているようだった。

公式ブログの視聴者の感想の書きこみを見ると、

『やる気なさそうだしすぐ終わるだろうと思ったが、だらだら続いていくのでなんとなく見てしまう』とか『特に何もしないところがいい』とか『女子中学生むふふ』とか、そんなのばかりだ。世の中には意外に暇な人がたくさんいるんだなと思う。そして、ほかに一生懸命《いっしょうけんめい》になれるものがなく人生を浪費《ろうひ》するだけの生き方をしていてかわいそうだと思う。そんなやつらのイイネでもらったハートコインの数に毎回浮かれてしまう自分のことは棚《たな》に上げておく。

「セッティー」

話しかけると、ほかほか熱いやつがポンッとわたしの肩の上に飛び出してくる。

「もっとなにかちゃんとしたことをやったほうがいいのかな?」

「きみには無理だよ。まだ魔法グッズも持ってないし」

「でもただ変身して人目につかないようこそこそしてるだけって魔法少女としてどうなの?」

「それがいいって人もいるし。きみレベルの問題解決能力の魔法少女に、正義の味方的なことは求めてないからさ、お気楽なことをやってなよ」

「うーん……」

変身シーンを人に見られるのは抵抗《ていこう》がある。だけど、どんなに隠れていても、それは毎回、神カメラに収録されて、ネットに配信されているのだ。

こそこそするのは性《しょう》に合《あ》わない。

どうせ見られてしまうのなら、堂々と変身したほうがいいんじゃないかな。目撃者《もくげきしゃ》が写真をネットにアップすれば、話題になってふだん見ていない人も気になって公式サイトにアクセスしてくれるはず。そうしたらきっとコインも増える。

回を重ねるごとに、少しずつ大胆《だいたん》な気持ちが芽生えているのは自覚している。だけどわたしにだって、まだ羞恥心《しゅうちしん》はあるのだ。

と、思っていた。でもそれは、ある日を境に吹《ふ》っ切《き》れた。

その日わたしはいつものようにあたりを見回して、人がいないのを完璧に確認したつもりだった。

「☆☆☆あなたのハートをビブラート♪♪♪　愛編むＪＣ、ギャル・ネリ来ました！」

だれもいないと思った建物の窓に、ぽつんとおじいさんがいたのだ。そこは高齢者介護施設《かいごしせつ》だった。

わきの下全開の変身ポーズに心を動かされたのか、おじいちゃんの瞳《ひとみ》はみるみるうちにきらめきはじめた。窓ガラスに鼻を押し付けて食い入るように見ている。見られてしまった気恥《きは》ずかしさでおじいちゃんに手を振《ふ》ると、魔法少女になったわたしが極楽《ごくらく》からの天女《てんにょ》のお迎《むか》えに思えたのか、眩《まぶ》しそうにまばたきをして、そしてはらはらと涙をこぼしたのだ……。

たかだか魔法少女に変身しただけで、感動してくれる人がいる。わたしの変身を見たい人がいる！　バイオリンを弾かなくたって、わたしはどっかのどうでもいいだれかにとってのスターにななれるんだ。ただ変身しただけで！

その事実は、雷《かみなり》に打たれたような衝撃《しょうげき》だった。

ならば、魔法少女としての期待に応えよう。

その日からわたしは変わった。

本気になったわたしの集中力はすごいのだ。伊達《だて》に何年もバイオリンコンクールのステージに立っていたわけじゃない。

学校の体育で、プール開きのころにはバスタオルを巻いてもたもたして着替えているのに、夏休み前くらいになるとズババッと済んでしまうのと同じだ。慣れとは恐《おそ》ろしいもので、街中《まちなか》でも人がいても平気で変身できるようになった。

それでも、初々《ういうい》しさは必要らしい。堂々と見得《みえ》を切るより、ちょっと照れた感じで変身するほうがハートコインはたまる、とセッティーに教えられたとおりだった。

放課後から午後八時まではあちこちに出向いて、安カフェのテラスで、開店直前のライブハウスの行列の横で、帰宅ラッシュの改札口で、夕市でにぎわうスーパーの前でせっせと魔法少女に変身した。それ以外の時間には、どうしたらより効率的にハートコインを集められるか、類似《るいじ》動画の配信内容とイイネ数をデータ化して、「視聴者うけ」の傾向《けいこう》と対策を考えるのに費《つい》やした。

セッティーには愚痴《ぐち》られた。

「きみが働きものだったなんて、まったく予想外だったよ。ぼくが死なないペースでたまに変身してもらって、のんびり気楽に生きたいと思っていたのに」

わたしはコンクールの前のように燃えていた。

秋川トーマス先輩、絶対に逢いに行くので覚悟《かくご》して待っていてください！

ずっと秋川トーマス先輩が好きでした。先輩だけがわたしの心の支えでした。なのに、あんな恥知らずの動画をネットに公開するようなハラグロ女なんかと……。サイテーです。だから、わたしはバイオリンをやめました！　先輩と同じステージに立つことはもう絶対にありませんから！　わたしの知らないところで勝手に生きて、勝手に、し、幸せになったり不幸になったりして、最後に死んでください！

秋川トーマス先輩のことを少し考えただけで、傷ついた胸の悲しみと、抑《おさ》えようのない怒りがぶりかえしてわいてくる。

群馬までわざわざ会いに行くのだ、本気度を上げるため、特急あかぎのグリーン車に乗ってリッチに行ってやる。

会ったら、二億個の雑菌《ざっきん》にまみれた先輩のあの口に、薬用せっけんズーミュの液体をぶっかけてやりたい。

そして失敗に終わったこの十三年半の、お先真っ暗な人生に終止符《しゅうしふ》を打ってやる。

6

「『空色勾玉《そらいろまがたま》』どう？」

石川未来さんに訊かれたとき、白玉団子を思《おも》い浮《う》かべてしまった。玉の字しか合ってない。

「そろそろ返してもらいたいんだけど」

借りた本のことだ。長い間、学校の机の中に入れたままだった。

「ああ、えーと、朝読書の時間にちょっとずつでも読もうとはしてるんだけど……ごめん」

「読み終わってないならまだいいよ。すっごく面白い本だから最後まで読んで」

「ううん。返す。ごめんね。たぶん読めないと思うから、もういいよ。読書は苦手で」

石川さんは、悲しげな顔をして本を受け取る。

「星野さんはいつも難しそうな本を読んでいたじゃない？　なのにわたしの好きな本は無理なんだ……」

「音楽に関する本だったら、多少難しくても読めたんだけど、物語とかはちょっと苦手みたいで」

「そうなの？　でも最近いつも……してるじゃない。ああいうのはするのに小説は読まないいんだ？」

「え？　いまなんて言ったの？　声が小さくて聴こえなかった」

「なんでもない。じゃあね、チーコたちに宿題を見せてあげなきゃいけないから」

石川さんは行ってしまった。

気を悪くさせてしまったようだ。無理をしてでも読めばよかった。

でも、このところ放課後の計画やアクセス数のことで頭がいっぱいで読書をする気分にならない。好きなだけ本を読んで、のんびり部活をやっている万年補欠の石川さんと違って、わたしは忙《いそが》しいのだ。


「星野さんってさー」

帰りの学活終了後《しゅうりょうご》、大急ぎで教室を出ていこうとするわたしに、中村さんが取り巻きたちと出口をふさぐようにしてわたしに話しかけてきた。

「もうバイオリン、やめたんでしょ？」

「やめたけど……」

「じゃあなんで部活に入らないの？」

「あんまりスポーツには興味ないし、二年の途中から初心者が入ったら迷惑《めいわく》だよね」

「忙しいからでしょ？」

中村さんがにやにやしだした。

「石川から聞いて、観《み》たよ、ネットのやつ。ね？」

「ちょ、ちょっと話しただけだよ。だって友だちが最近話題の動画に出ていたらびっくりするでしょ？　実際に、ＯＫストアの前で変身してるところもたまたま見ちゃったから」

石川未来さんはわたしから目をそらすと、ぐっと奥歯《おくば》を嚙《か》むような顔をした。

「星野さん、コスプレが趣味なの？」

「ち、違う。あれは魔法少女なの」

「趣味？　仕事？　中学生がアルバイトなんてしていいの？」

「違う。個人的な奉仕活動みたいなもので……魔法少女は川の神様からもらったギフトだから」

ハア？　イミワカンネー。

教室にいるみんなから笑われた。

「わたし、帰りたいんだけど」

「うちらにも奉仕活動をしてよ」

「無理です」

「なんで無理なのー？　何様？　とは言わないけど、星野さんってなんかねぇ」

中村さんが隣《となり》の子に話を振る。

「だよね」

隣の子がまた別の子に振る。

「バイオリンに挫折して、かわいそうな子だと思ってたのにね」

「友だちになってあげたのに、うちらに黙《だま》って」

「みんなに隠れて、あんな格好して、こそこそネットに出てるなんてね」

「目立ちたいだけじゃん？　自分だけいつも特別だと思っているから」

「うちらお昼休みにパソコン室でまとめサイトを見て、知ってるんだから」

みんな違法《いほう》に複製された『ギャル・ネリ』の粗悪《そあく》な無料動画を観たんだ。

中村さんが隣の子に振る。

「あのコスチュームどう思う？」

「ピンクのひらひらのほかに、茶色い羽がついてるよね。角みたいのも」

「カブトムシじゃない？」

「え、まじ？　ゴキブリだと思ってた！」

中村さんが言うと、みんなは一斉《いっせい》に悲鳴のような声をあげて笑いだした。

ギャル・ネリの衣装のモチーフはバイオリンだ。ガルネリ・デル・ジェスをモデルにしたわたしの愛器だったバイオリンと、弓と、バイオリンケース。

コンクールで全国一位になって腕《うで》を認められたら、音楽財団から五千万円以上の高級なバイオリンが貸与《たいよ》されるチャンスがある。それまではずっとあの楽器でがんばろうと思っていた……。

「どうして笑うの？　わたしは一生懸命、本気で魔法少女をやっているのに！」

わたしが大きな声を出すと、教室にいたみんなはまた笑いだした。

「星野さん、本気なんだって」

「魔法少女に一生懸命なんて、あり得ないし」

自分の真剣《しんけん》な言葉が、まさかみんなの爆笑《ばくしょう》を誘うとは思いもしなかった。

「本気なら変身してみてよ」

「見せてよ。みんなも見たいよね、ナマ変身」

「ナマ変身！」

「ナマ変身！」

男子も加わって手拍子《てびょうし》が始まった。

なんだこいつらは。

みんな、ただの平凡なふつうの中学生のくせに！

わたしは中村さんを押しのけて、出入り口を突破《とっぱ》した。

追いかけてくる子がいたけれど、全力で巻いた。

念のために理科室の長机の下にしばらく隠れていた。少し時間が経てば、みんなは諦《あきら》めて部活に行くだろう。

悔しい。

変身しているくらいで、なぜバカにされるんだろう。

「ねえ、セッティー」

つぶやくと、スカートのポケットがぶるっと震えて、家に置いてきたはずのスマホが出現した。

ホッカホカのセッティーが空中にポンッと現れる。

「わたしのしていることって、間違っているの？」

「なにに関して訊いているのかな。っていうか、それってぼくの答えが必要な質問？　間違ってないって言われたいんでしょ？」

相変わらず、絡《から》みにくい。

ふつうの子がやることではないかもしれないけれど、悪いことではないと思う。むしろ、退屈な人たちに話題を提供しているのだから褒《ほ》められて当然だと思っていた。

考えたら、毎日バイオリンのことばかり考えていたときも、たまにからかわれることがあった気がする。でも、そんなことは気にならないくらい周りが見えてなかったし、バイオリンを弾けない子なんかにはなにを言われても気にならなかった。

そのときだ。

スマホがブルルっとメールを着信した。

差出人は秋川トーマス先輩だった。

「ええええ⁉」

長机の下にもぐっていたのを忘れて、思いっきり頭をぶつけてしまった。

這《は》い出《だ》して、本文を読む。

『元気にしてる?』

まさか先輩からメールが来るなんて。こんなこといままで一度もなかったのに。

まああです、と文字を打ちこんで、やめた。送信せずに削除。

変だ。突然メールをくれるなんて、なにかあったのかな?

衝撃の「キス動画」を観て以来、ずっとアクセスしてなかったSNSのアプリをタップし、先輩の近況《きんきょう》を観てみる。

道端《みちばた》の草の写真が載っている。

秋川トーマス先輩の投稿《とうこう》って、いつもこんなんだったっけ?

不審《ふしん》に思いながらさかのぼっていくと、割れたクラッカーの写真と、青空の写真、葉っぱを口にくわえて憂《うれ》いている自撮り写真、学校の机の穴に消しゴムのかすを詰めこんだ写真の間に、短い文がいくつか投稿されていた。

10月5日
寂《さび》しくない。寂しくないんだ！
ぼくには音楽がある。ぼくのバイオリンは、ぼくを絶対に裏切らない。
一人でも、一人じゃない。だから、ぼくは生きる。生きていく。

10月2日
バイオリンのネックについたロジンのチリ。ぼくはこれまでなにげなく払っていた。
でもいまはそんなことできないよ。ぼくもあの子のチリの一粒《ひとつぶ》さ。
チリよ教えて　ネバーギブアップ
散り散りになっても　ドントマインド

9月29日

あの口づけはいつわりなのか。とおいやくそく信じていたのに。
教えてくれークレーメル
アシュケナジあすはこなじ
オイストラフとはいかない恋
あの子のハートはハチャトゥリアン

9月26日
夏は行ってしまった。
ぼくはまだそこにいたいのに。あの空のてっぺんの白い雲を見ていたいのに。
太陽だけはきょうも眩しくて。力なくぼくはつぶやく。
ざんしょが激しいざんしょ。
ひとり笑って、スキップするのさ。さみしい右手は左手に会いました。
恋人つなぎだ、やっほーい！

読むうちに、どよーんとした気分になった。

「秋川トーマス先輩って……」

セッティーは一緒にスマホを覗きこみながら言った。

「とんだやけっぱちポエム芸人だね」

「別れたのかな、あの恥知らず女と」

「捨てられた感じだね。寂しさに耐《た》えきれなくなって、だれかにかまわれたくてきみにメールしてきたのか」

そうかもしれない。そうなんだ、きっと。

「秋川トーマス先輩って、バイオリンはそんなにうまくないんだよね。有名な作曲家のひ孫なんで、大人からやたらとちやほやされるんだけど」

ずっとずっと憧《あこが》れていて、いつかはメールをする仲になりたいと思っていた。だけど、いまはもう、なぜだか先輩に返事を書きたいとは思わなかった。吹っ切れたのか。

「あーあ。なんだか急にやる気失くした。きょうは魔法少女はやめておこうかな。セッティーだって、のんびりしたいって言ってたじゃん」

「群馬に行きたかったんじゃないの？」

「うーん……」

グリーン車で群馬まで行って、秋川トーマス先輩の口に薬用せっけんズーミュの液体をぶっかけたとして、いまさらなんになるだろう。

先輩の口の中にあの女の二億の雑菌がいても、もうどうでもいい。しかも恥知らず女から捨てられて、そのライバルにまでかまってメールする恥知らずだし。そんな人にわざわざ会いたいとは思えない。

ぷしゅううって、張りつめていた空気が抜《ぬ》けた。

いままでわたしを突《つ》き動《うご》かしていたのは、失恋《しつれん》への怒りと成功して幸せそうにしている人たちへの嫉妬《しっと》だけだったのかもしれない。

「無理強《むりじ》いはしないけど、このところ毎日連続配信していたから、今夜の配信がなかったら『ギャル・ネリ』ファンは少しがっかりするかもね」

「いいよ、べつに」

「冷たいなあ」

「だって、知らない人だもん。なんで毎晩『ギャル・ネリ』の動画配信なんか観て喜んでるの？　友だちになれるわけでもないのにハートコインをじゃんじゃん送って応援《おうえん》して、そんなのが楽しいの？　ふつうの人って、わけわからない」

校庭のほうから、運動部の掛《か》け声《ごえ》が聞こえはじめた。練習が始まったらしい。窓に近づいて確認する。

「もう帰っても大丈夫かな。ああ、やだやだ群れちゃって。わたしね、天性のソリストって言われたことがあるんだよね。きみのバイオリンは独特だからソロに向いてるって。でもさ、ソリストになるなら、コンクールで一番になるしかないじゃん。でも、自分は一番になれないってだんだん気づいてきて、それでやめたんだけど。だからもうふつうの人になるしかないなーって思ったんだけど。ふつうの人って、なんのために生きてるのかな」

「きみの場合は？　なんのためにバイオリンをやっていたの？」

「一番になりたかった。それで、みんなにすごいって、褒めてほしかった」

「褒められたいだけなのか」

「褒められたいって当たり前じゃないの？　小さいころはよく褒められていたけど、褒められるのが当たり前になってきたら嬉しくなくなってきて、だんだん苦しくなって。少し大きくなったら、今度はできるのが当たり前だって言われるようになって、あんまり褒められなくなって、だから自分よりも褒めてもらえる人がいるのが許せなくなって、妬《ねた》ましくなって……」

「でもさ、もともと好きだったんじゃないの？　それで」

セッティーは肩の上で暑苦しい熱気を発しながら言葉を続けた。

「楽しかったんじゃないの？　褒められるからじゃなくて、バイオリンを弾けたことがさ」

「はじめはそうだったのかも」

「魔法少女をするのだってさ、実は楽しかったんじゃないの？」

「別に、ハートコインが欲しかっただけだよ。だれにも迷惑かけずに自分で電車賃を作って秋川トーマス先輩に会いに行けるなって思っただけだもん。親にもらうの、後ろめたいし」

「きっかけはともかく続けてこれたのは、結果的に人のためになることだと思ったんじゃないの？　そうすることが好きだからやったんだ」

「先輩のことで決着がついたら死ねると思ったの。すぐに死ぬのが怖かっただけ」

「人間の場合はさ、たとえきみがどこの何者でも、きみがきみであるってことは、それだけできみの価値なんだよ。ぼくの存在理由は魔法少女がいてこそだ。結局は、だれかに生かされていなきゃぼくは生きていけないんだ」

「面倒くさいよね、そういうの。一人で生きていけたら楽なのに」

「でも一人だと寂しくなって、こっ恥《ぱ》ずかしいお笑いポエム野郎《やろう》になったりするんだよ」

「それはやだなあ」

いまだから言えることだけど、変な失恋ポエムをネットに書き散らかす人とキスをしなくてよかった……。

やっぱわたしは、ふつうの人にはなりたくない。たぶん無理。

「ねえセッティー、まだ校内にいるけど、いまはもう『放課後』だよね」

「まあ、そうだね。稼働時間内だね」

「じゃあ編集して今夜配信できるんだ。教室にいたときの中村さんたちとの会話も、神カメラには撮れてるんでしょ？」

「編集次第だけどね」

魔法少女、いじめに遭《あ》う！

薄幸《はっこう》のヒロインじゃん？　きょうの内容、オイシイかも！

「そうだ、屋上に行こう」

風が気持ちいい。

「部活とかさー、みんな、よくやるよね」

わたしは屋上のフェンスにおでこをくっつけて、校庭のグラウンドにいるみんなをじっと見つめた。

軍隊の人みたいな掛け声。野生動物みたいな叫《さけ》び声《ごえ》が入り混じる。それから吹奏楽部《すいそうがくぶ》の楽器の音。体育館の中でボールが弾《はず》む音。

「ふつうの人になるって難しいなあ。あの子たちももっと苦しめばいいのに」

「そういう素直《すなお》な気持ちは隠そうよ。きみの知らないところで、たぶんたいていの子はうんと苦しんでいると思うよ。ふつうだからこその、ふつうの苦しみを」

「そうかなあ。わけわからない。想像できないや」

わたしは深呼吸をしておなかに力をためて、グラウンドに向かって叫んだ。

「おおおい、みんなー！　こっちを見てえええっ!!」

変身前だから、ふつうの中学生の声量で、なかなか気づいてもらえない。喉《のど》が痛くなるくらい叫んで、やっと数人が気づいてくれた。それからは、こちらを指さして見ている人につられるように、オセロをひっくり返すようにみんなが顔を向けてくれた。

わたしはスマホのアプリの変身ボタンをタップした。

屋上から虹《にじ》の光があふれだす。

「☆☆☆あなたのハートをビブラート♪♪♪　愛編むＪＣ、ギャル・ネリ来ました！」

見たいなら、いくらでも見せてやる。

わたしはふつうのみんなとは違うんだから。ちっさくなんて生きてたまるか。

好きだからやる。楽しいからやる。結果はどうであれ、いいことをしていると思うから、とにかくやる。魔法少女はちっちゃなことではへこたれないのだ。

グラウンドにいるみんなが、わたしを指さす。

「ギャル・ネリだ」

「あそこにギャル・ネリがいるぞ！」

「えっ、知らないの？　最近『ギャル・ネリ』はやってるじゃん！」

「地元じゃもうけっこう有名だよ？」

ぎゃいのぎゃいのと知ったかぶった声が風に混じって聞こえてくる。

ふふっ。気持ちいい。地べたの虫けらどもが。

わたしは魔法少女。特別な女の子。だから、まだ死ななくてもいいか。

「このカットは使えるね。きみ、見せ方がわかってきたよねー」

肩の上のセッティーが囁《ささや》いている。

「きょうはきっと、相当ハートコインがたまるよ」

「だといいけど。でも、コインとか、もうどうでもいい。使いたいものはないし」

「募金《ぼきん》もできるよ？　川の浄化《じょうか》活動とか」

「そっか。そんなことをしたら、わたしますます人気が出ちゃうね。あーあ、あんなに騒いじゃって中学生ってみんな単純。さてと、気が済んだからきょうはもう帰ろうっと。魔法少女のこと、いつ親バレするかなあ。バイオリンを失くしたんじゃなくて捨てたってこと、親にいつ話そうかなあ……」

だけど、楽しみにしていたその日の動画が公開されることはなかった。

神業界速報サイトには号外ニュースが流れはじめていた。

『S区谷沢川の神、デイティ・オブ・ザ・ヤザワリバー、邪神認定《じゃしんにんてい》へ。女子中学生の着替え動画等の児童ポルノ製造罪の疑い』

# 二兆千九百億

1

「斉木《さいき》ちゃーん、腹減ったよぅ」

いつも元気な小川作治《おがわさくじ》が教室に入るなり、ぼくの背中におんぶオバケのようにのしかかってきた。小川はひょろ長の調子のいい男だ。そして、お触《さわ》り好《ず》き。バスケ部時代には、変な噂《うわさ》が流れたくらい。しかし本人はつねに女の子好きをアピールしている。ぼくの平らな胸をムリにつかんでもみもみしている小川の手を邪険《じゃけん》にならないようにそっとはずす。

「朝飯抜《ぬ》きなん？　寝坊《ねぼう》か」

「今朝、赤飯だったんだ。妹がアレになったんだって。おれ、赤飯大《だい》っ嫌《きら》いだから。米に豆を入れる意味がわからねえし。食えるかあんなもん。母さんは赤飯の準備で頭がいっぱいだったからおかずは塩昆布《しおこんぶ》だけとぬかす」

いまどき朝から赤飯を炊《た》く家があるんだ？

という軽い驚《おどろ》きもあったが、興味をひかれたのはそっちじゃない。小声で訊《き》く。

「え……妹って、真絹《まきぬ》ちゃん？　まだ小学生だよね」

「六年生。三コ下」

「アレになったって……」

訊きにくいことだが確認《かくにん》した。小川にはデリカシーがないから訊いても大丈夫《だいじょうぶ》。

「そう、アレ。大人の女の仲間入り。ひいばあちゃんは赤飯をお隣《となり》に配ってきちゃうし、妹は秘密にしてって言ったのにお赤飯配られて恥《は》ずかしいって泣いてるし、ばあちゃんはお祝いなんだから食べなきゃだめだって無理やりおれの口に押《お》しこんでくるし、母さんはせっかく作ったのに食えるかとはなんだって怒《おこ》ってるし、父さんは母さんに感謝しろとか親の気持ちを考えろとかってむすっとしてるし、朝からカオスよ」

「ランドセル背負ってるのに『大人の女』なんだ?」

想像すると、気持ちが悪い。ぼくは性的なものが極端《きょくたん》に苦手だ。

「母さんとばあちゃんが話してたのが聞こえたんだけど、クラスの中では早いほうらしい。もう来てるコはほかにもいるんだって。ということは、中三のうちのクラスもほぼ?」

つまりは、ピンポンパンポーン、生殖《せいしょく》機能《きのう》が整いました。妊娠《にんしん》の準備ＯＫですってお知らせが来たってことなんだ。

「兄として、どんな感じ?」

「妹は妹だよ。まだどう見たって子どもだし、このところ毎日気が立ってて情緒《じょうちょ》不安定でうるさいし部屋で一人でよく泣いてるようだし。あー、そういうところは女子なんだなぁと思うけど」

「そんな言い方したら女子が怒るよ」

「男女差別か？　だったらさ、男にも祝ってほしいよな。女のときばっかり祝うのって、差別だろ」

「え……それって、マジで？」

男に精通があったときに家族でなんか祝え、というのか。そんなこと考えたくもない。

「ぼくは祝ってほしくないな。そっとしておいてほしい」

「そうか。斉木ちゃんは赤ちゃんが作れる大人の男の体になったおれを、そして自分を、一族が祝う必要はないというのか」

ぼくは小川ほど大人の体への変化をポジティブにとらえられてない。子どものころとは格段に、自分が性的な人間に変わっていくことを。

「祝われたくても小川は赤飯嫌いなんだろ？」

「嫌い。豆とか無理だし、飯を赤くしなくていいし。あ、男の場合は赤ってより青か？　いや、白？」

「それじゃいつもの飯と同じだ」

「却下《きゃっか》。白いものなら、生クリームが山盛りのピラミッドになってるパンケーキとか食ってみたいな。もー、元気いっぱいにこんもりしたやつ」

うげっと思う。小川はぼくと違《ちが》って甘党《あまとう》だった。

「そんなんでいいなら親に頼《たの》んで作ってもらえよ。おめでとう、きょうからあなたも男の仲間入りよって」

「うおお、パンケーキのこと考えたら、ますます腹減ってきた。胃に穴が開くぞ、おい。斉木ちゃんのほっぺた食わせろ」

「やめろよ」

軽いじゃれあいにしては本気な気がする小川の絡《から》みを全力でかわす。

攻撃《こうげき》が下半身に下りてきたので本気で怒ったふりをして離《はな》れると、小川の関心は登校してきたばかりの氏家久覇《うじいえくは》に向かい、「数学の宿題やってある～?」とそちらにまとわりつきはじめた。

ぼくには宿題を見せてと頼まない。触るだけ触っていく。小川にとってぼくはそういう役割みたいだ。

ぼくに彼女《かのじょ》ができたってことを、今朝もまた話しそびれてしまった。

2

足元がぬかっている。スニーカーの底が白い泥《どろ》で急に重くなり、自由が奪《うば》われていく。白い夢の途中《とちゅう》で、はっと意識する。自分はいま眠《ねむ》っている。また同じ夢を見ているのだ。早く目覚めなくては。

生まれてこの方、ぬかるみというものに足を突《つ》っこんだことなど一度もない。なのに、いつも同じ夢を見る。自分の足がずっしり重く、思うように動かない。白い泥のぬかるみに、すでに足首まではまり、さらに深く吸いこまれそうになっている。

底《そこ》なし沼《ぬま》という言葉を、本で読んだことがある。地球の構造上、底がないはずはない。しかし、ひとたびそこに落ちてしまうと、足がずぶずぶ潜《もぐ》って抜くことができず、どこまでも沈《しず》んでやがて溺《おぼ》れ死《じ》んでしまう。そんな状況《じょうきょう》は現実にあるらしいのだ。もう片方の足で踏《ふ》ん張《ば》ろうにも、足がかりとなる場所がないのだから、どうにもならないのだ。浮《う》かびあがろうにも体は泥に浮かばず、もがけばもがくほど沈み、なすすべもなく沼の底へと吸いこまれていくのだ。

白い夢は、じわじわと自分を恐怖《きょうふ》の底に沈みこめようとする。白いぬかるみから助かる方法はないのかと、あたりに手を伸《の》ばすが、触《ふ》れるものは冷たい霧《きり》ばかり。

こんなとき、昔読んだ『蜘蛛《くも》の糸《いと》』という話を思い出す。極楽《ごくらく》にいるお釈迦様《しゃかさま》が、蓮池《はすいけ》から地獄《じごく》の底の血の池でもがいているカンダタのところに、蜘蛛の糸を垂らすのだ。その本を読んだときにくっきり感じたことは、自分のところには絶対に糸が垂れてこないだろう、ということだった。お釈迦様が気まぐれに蜘蛛をよこすのはカンダタのような男であって、可もなく不可もなく平凡《へいぼん》に暮らしている自分のような人間ではない。どんなぬかるみにはまっていたって、自分のところには銀色に光る一筋の糸なんて、垂れてこない。助けなどこないと知っているから、すべて自分がどうにかしなくてはならないのだ。自分はつねにそういった特別のものからスルーされる運命に違いないのだ、と。

「ぐはっ」と掛《か》け布団《ぶとん》をはねて上半身を起こし、足を確認する。あの夢の場合、だいたいいつも、膝《ひざ》の上までが白く消えたあたりで目が覚める。パジャマから出た素足《すあし》は、汚《よご》れていない。夢なのだから、当たり前だ。汚すのはそこじゃない。

そして、起きるのを待っていたように目覚まし時計が鳴りだした。嫌《いや》な朝のスタートだ。

「お母さんは?」

「夜勤のあとで、麗紋《れもん》のところに行くって言ってなかったか。ほれ、これがお前の分の朝飯だ」

お父さんは箱を投げ置いた。男子中学生の朝食にチョコ味のシリアルを出すなんて、虐待《ぎゃくたい》ではないかと思う。

「ごはんはないの？　タンパク質は？」

「一日の栄養の三分の一が摂《と》れるって書いてあるだろう。お得意さんが仕入れを間違《まちが》えてな、義理で十箱買わされたんだ。しかも向こうの言《い》い値《ね》で」

お父さんは、ひげをそりながらはははと笑った。食卓《しょくたく》で電気シェーバーを使うのはやめてほしい。

腹は減っているし時間がないので甘《あま》いのを我慢《がまん》して、牛乳をかけて口にかきこむ。冷たさにぶるっと震《ふる》える。少なくとも、冬の朝にふさわしい食べ物ではない。

「ゆうべ洗ったジャージ、乾《かわ》いてる？」

ぼくの問いに、シェーバーの掃除《そうじ》をしながらお父さんはのんびりと言う。

「あー、干すの忘れたなぁ」

洗濯機《せんたくき》に突進《とっしん》して、ジャージだけ最優先で衣類乾燥機《いるいかんそうき》に突っこんだ。登校までに間に合うか。

一晩経《た》った洗濯機からは生乾《なまがわ》きの変なにおいがしていた。帰ったら、洗いなおさなきゃ。

朝の情報番組では、芸能人の不倫騒動《ふりんそうどう》が流れている。

前はまったく気にならなかった生理用品のコマーシャルも目につくようになってしまう。小さいころにはわからなかった。世の中、性やセックスのことばかりだった。

人間て、そのことのために生きているの？

『おはよう、大也《だいや》くん。もう起きているのかな』

歯磨《はみが》きあとにスマホをチェックすると、江曽島《えそじま》みなみちゃんからメッセージが届いていた。先週、塾《じゅく》の帰りに「つきあってください」とお願いされて、交際が始まった。つまり自分の彼女だ。十五歳《さい》にしてはじめてのガールフレンド。別の中学で、同い年だ。

『おはよ。ガッコ行ってきます』

返事をしてスマホを置く前に、もう返信が来た。

『行ってらっしゃーい♪　みなみも行ってきまーす♪』

他愛《たわい》のないメッセージだ。

彼女ができると、こういうやりとりをしなくてはならないのか。まあ、悪くはない。

返事の返事をするべきか、迷う。もう出かけたかもしれない。それとも、学校にもスマホを持ちこんでいるのだろうか。自分は、徒歩十分で行ける中学校には持っていかない。友だちに見せびらかしたいような最新の機種でもないし、やむを得ず持ちこむときは電源を切って職員室に預けることになっているから、持っていく意味がない。

忙《いそが》しい朝に、返事の返事の返事なんてことになってもわずらわしいので、返事はしないことにした。

バタバタと登校の準備をしていたら、お父さんが言った。

「きょうは飲み会で遅《おそ》いし、母さんも麗紋のところに泊《と》まるだろうから、大也はラーメンでもなんでも、あるものを食べていいから」

カップ麺《めん》ではなく、鍋《なべ》を使って作る袋麺《ふくろめん》が積んである。あとは百円のレトルトカレー。カレーライスにするならごはんは自分で炊くことになる。面倒《めんどう》だが、いつものことだ。

「たまには焼き肉、食べたいなあ」

「ははは、肉は肉でもおあいにくってやつだな。大也はぽっちゃりしてきてるからダイエットだ」

レトルトカレーとか菓子《かし》パンとかインスタントラーメンばかり食べているから、高脂肪《こうしぼう》低タンパクでぽっちゃりしているんだ。食育の授業で習ったこと、お父さんにもお母さんにも伝えてあるのに、「お前なら大丈夫だ。大也はおれたちの息子《むすこ》だから」「給食で遅《おく》れをとりもどせ」って。わけわかんねえ。

「そうだ、きょうは可燃ゴミだよ?」

「ああ、大也が出しといて」

余計なことを言うんじゃなかった、と後悔《こうかい》しながら、家じゅうのゴミをまとめて袋の口を結ぶ。

「そういえば町内会費、払《はら》った？」

「あー、もう少しほっとけや」

「……お父さんが言ってね。飲み会に行くなら、先に今月のぼくのお小遣《こづか》い、置いてってよ。あと、お母さんとなにか約束をしてたよね」

「フーゾク通いは月に二回まで」

「覚えていればいいよ」

「こっちだっていろいろとつきあいがあるんだよ」

「そこをうまくやるのが大人でしょ」

ぼくは、自分のことは親に頼《たよ》らずに自分でしなくてはいけない。それは大人になれば当たり前のこと。だけど、中学三年生の自分には、まだつらい。そのうえ、親が親らしく振《ふ》る舞《ま》えるように注意してやらなきゃいけないなんて。

家を出る直前に、熱々だけど生乾きの乾燥機臭《くさ》いジャージをバッグに突っこみながら、泣きそうになる。

自分は、ちゃんとした大人になれるのだろうか……。

角のゴミ集積所のカラス除《よ》けネットの下にゴミ袋《ぶくろ》を滑《すべ》りこませる。汚れたネットに触れた手を洗いたいが、家にもどる時間の余裕《よゆう》はもうないから学校まで我慢だ。

## 3

「なんか変なにおいしない?」

教室に着くなり小川作治に言われ、ゴミ捨てのときについたにおいか、それとも……と、ぎくりとする。

ぼくは、自分を汚《きたな》いと思っている。

それはぼくの体が勝手に大人になってしまって以来だ。

精液なんて作りたくない。出れば、情けないような、申し訳ないような、悔《くや》しいような気がした。自分はいやらしい人間なのではないかという罪悪感に襲《おそ》われ、気持ちの良さ以上に心を打ちのめされる。

その点で、小川は対照的だった。セルフプレジャーという言葉を仕入れてきて、その行為《こうい》を恥じることもない。同じ男だというのに、捉《とら》え方《かた》は逆方向だ。

「おっ」

小川がぼくのほうへ急によけたので、肩《かた》がぶつかった。

すぐ横をクラスの女子が通っていくところだった。小川はそれ以上はなにも言わなかったけど嫌なものを見る目をしていたので、周りにわかるようにわざとその子を避《さ》けたんだなと思った。

知らなかった。その女の子がどうというより、小川がそういうことをするやつだということが残念だ。

ぼくは少し大きめの声で言って、バッグを開けた。

「えっと、これかな、におうのは」

バッグから生乾きのジャージを出して、教室の後ろに干しに行く。

その女の子の名前が思い出せない。クラスのほかの女子とは雰囲気《ふんいき》が違って、いつも一人でいる。これまで気にしたことはなかったが、もしかしたらいじめられているんだろうか。そういうのではなく、小川と個人的にトラブルがあったのか、ぼくにはわからなかった。その子に話しかける勇気もない。

氏家の体にタッチしすぎて追《お》い払《はら》われた小川が、こちらにもどってきた。

さっき女子に向けていた冷たい視線が、ぼくの見間違《みまちが》いなのかなと思うほど、小川は普通《ふつう》にぼくとしゃべって、ぼくの胸を揉《も》もうとしてきた。

「やめろよ。男の胸を揉んで楽しいか?」

「教室で女子の胸を揉むわけにいかないだろう。彼女いない同士、慰《なぐさ》め合《あ》おうよ」

小川はまた触ってくる。

「いや、いるから」

「は?」

「いるから。同じ塾の子で、先週から」

目を剝《む》きだして言われた。

「はあああ?　なんで斉木ちゃんと?　どこがいいわけ?」

そんな言い方はないと思う。自分でも自信がないのに。

「つきあってほしいと言われて」

「かわいいの?」

「うん、かわいいほう」

「で、どこまでやった?　キ……キ……」

小川の興奮した顔を見れば訊かれていることはわかる。単純な男だなあ。

「その話のあとはスマホのメッセージのやりとりだけでまだ塾では会ってない」

「なーんーだーよー」

小川はあからさまにほっとしていた。そしてぽんぽんとぼくの肩を叩《たた》く。

「おれが相談に乗ってやるから心配するな。任せろ」

頼んでないけど。

「おれがついていれば、きみもきょうから恋愛《れんあい》マスターだ。とりあえず、モテる男は壁《かべ》ドン・アゴクイだ。練習やるか、壁ドン？」

「き……きょうはいいよ。相談したいことがあったらそのときは頼るから」

「おう。いつでも歓迎《かんげい》する。ちゃんとかまってあげないと振《ふ》られちゃうよー？　女の子を欲求不満にさせたら彼氏《かれし》失格よー？」

女の子とつきあう、イコール、キス。というのはいくらなんでも短絡《たんらく》思考だろう。相手の事前の意思の確認もなく壁ドン・アゴクイなんて実行したら、セクシャルハラスメントだ。性暴力だ。人生の破滅《はめつ》だ。それに男とアゴクイの練習をするなんて、ぼくには無理。

小川の悪い意味でのオスっぷりとゲスな浅はかさに、ぼくはただただ感心する。

もしかしたらぼくのお父さんは、子どものころ小川みたいな中学生だったんだろうか。

自分にはないものを感じる二人に、なぜか共通点を見たような気がした。

お父さんは四回結婚《けっこん》していて、子どもが九人いる。そのうちの二人は、妻ではない女性が産んだ。これはお母さんが把握《はあく》している情報なので、もしかしたら探せばほかにもいるのかもしれない。

ぼくは非常に繁殖能力《はんしょくのうりょく》の高い男性の息子である。産めよ増やせよ地に満《み》ちよの時代だったら自慢《じまん》に思ったかもしれないが、この平成《へいせい》の日本では正直言って隠《かく》しておきたい情報だ。しかも、その男の特技は女性を妊娠させることだけで、親として夫として大人としての責任についてはほとんど考えていない。だって、ちゃんと考えていたら、資産家でも部族長でもないのだから九人も子どもを作らないと思う。女性にも人生にもだらしないお父さんはぼくのコンプレックスだ。

お母さんのほうは一度目の夫とは死別して、その間に成人して独立した男の子どもが一人いる。働いてはいるようだけどしょっちゅう女性とのトラブルがあり、あまり順調な人生ではないらしい。お母さんは姉の麗紋を産んだのをきっかけにお父さんと再婚《さいこん》し、しばらく経ってからぼくを産んだ。

そして、実の姉が未婚《みこん》のまま若くして出産したこともぼくのコンプレックスだ。

どうやったら子どもができるのかを上級生から知らされた日。それは偶然《ぐうぜん》にも当時高校生だった姉の妊娠が発覚したときだった。八歳だったぼくはなるべく深く考えないようにした。違う方法でも子どもができるのかもしれない。そうでないと、自分もそういう行為の末にできたことになる。そんなのだれが認めたいだろうか。子どもというものは、欲《ほ》しいと強く思った夫婦《ふうふ》のもとにだけ生まれてくる愛の結晶《けっしょう》だったはず。小学生だったぼくは、自分を騙《だま》しつづけることに専念しつづけた。

中学生になり、保健体育や生物の授業なんかで精子と卵子《らんし》の話を聞いたころ、姉はぼくたち家族に黙《だま》って、二人目の子どもを出産していた。児童養護施設《しせつ》に預けたはじめの子どもの父親とは別の相手だった。

ぼくは姉とは三か月以上、口をきけなかった。結婚もしていないのにセックスをして必要もないのに子どもを産んだということを、気持ちが悪いし恥ずかしいことだとしか思えなかったからだ。一人でもがんばって新しい命を産んだ……と考えたら姉には申し訳ないけれど、そのときは嫌悪感《けんおかん》しかなかった。

幸い、姉は二人目の子の父となる相手と結婚することができて、いまははじめの子どもも家に引き取って、三人目の子どもの出産を控《ひか》えている。

ぼくが性的なものに潔癖《けっぺき》になったのは、そんな家族がいたからだと思う。

ぼくはときどき考えてしまう。

お父さんとお母さんはなんで何度も結婚したんだろう。

もう十分な数の子どもがいるし、経済的な余裕があるわけでもないのに、なんでぼくを生んだんだろう。

ぼくはいつも複雑な気持ちだ。清潔でありたいと思えば思うほど、自分がそうでないように感じるから。なぜ大人たちはいやらしいことをしたいと思うのか、そして、したい欲求があるくせに他人や子どものそれには嫌悪するのか。だんだん、自分もわかるような気がしてきたから、それもまた複雑だ。

## 4

帰宅して、自室に置いていたスマホに触れる。触れたとたん、メッセージがあることが画面に表示された。

『きょうは塾。大也くんに会える日だからうれしい』

塾に行けば江曽島みなみちゃんと会うことになる。

家を出る前に顔を洗って歯磨きをして髪《かみ》を整えた。いままでそんなことをしたことはなかったのに。自転車で塾に向かいながら、少しうきうきしている自分に気がついた。

自分の人生は、学校と塾の勉強と気晴らしのゲームくらいだった。そこにみなみちゃんが加わっただけで、ずいぶん違う。彼女を作ることなんて、自分にはまだ関係ないと思っていたけれど、できてしまった。メッセージのやりとりだけではピンとこないが、これから会えるのだと思うと、だんだん実感がわいてくる。

中学のうちから女の子とつきあえる男は、そうはいない。男なら、自分の彼女のことは大切にしなくてはいけない。スケベな小川作治のいうことは話半分にしても、彼女を満足させられる男にならなくては。もちろん、精神的に。

塾に着き、教室に入っていく。みなみちゃんの姿が真っ先に目に飛びこんでくる。私服ではなく制服姿だ。ピンクのフレームの眼鏡がきょうは一段と似合って見える。女子とにこやかに話をしていて、その自然な笑顔《えがお》がかわいいと思う。

しまった。なんて声をかけよう。考えてなかった。だからといって、無視するわけにはいかない。自分の彼女なのだ。こんばんはでは、よそよそしい気がする。

「あ、元気？」

さりげなく話しかけたつもりだ。しかし、みなみちゃんは違うほうを向いた。自分の声は聞こえたはずなのに。

「メッセー……」

メッセージ、どうも、と言おうとした途中で、すっと避けられた。みなみちゃんは逃《に》げるように教室から出ていってしまった。

なんで？

はっきり言って傷ついた。会えるから嬉《うれ》しいって書いてなかったか。自分は知らぬ間にみなみちゃんの機嫌《きげん》を損《そこ》ねるようなことをしていたのだろうか。

みなみちゃんからメッセージが来た。

『ごめんね。恥ずかしいから、スマホにして』

照れくさいのはわかる。でも、同じ場所にいるのにしゃべらないでメッセージをやりとりするなんて、面倒くさいな。そういう面倒なのが、男女交際ってやつなのか。

『いいよ』と返事を送ると、みなみちゃんは教室にもどってきた。こちらをちらりと見て、隣の席の女の子としゃべりはじめた。

まあいいか。塾が始まるまで、いつものように席に座《すわ》ってお母さんから読むように言われていた自己啓発書《じこけいはつしょ》を読んで過ごす。

きゃっきゃっしている声に顔を上げると、みなみちゃんと女の子が後ろの席の男と、ペンを見せ合ってしゃべっていた。楽しそうだ。何の話だろう。

男が、みなみちゃんの耳に顔を近づけてなにか言っている。みなみちゃんも、両手を口元にあて、男の耳に内緒話《ないしょばなし》を返している。そういえば、あの男はみなみちゃんと同じ学校のやつだった。なんなんだ、あの親密さは。

みなみちゃんの彼氏は自分なのに。みなみちゃんの彼氏は自分なのに。みなみちゃんの彼氏は自分なのに……。

同じ言葉が頭の中を高速でぐるぐる駆《か》け回《まわ》った。

本に気持ちをもどそうとしたが、もう集中できそうにない。みなみちゃんにメッセージを送る。

『そのペン、どこで買ったの？』

おしゃべりを中断して、すぐに返事をくれた。

『駅東の百円ショップ。お気に入りなの。わわっ、こっちの話、聞こえていたのかな。恥ずかしい！』

みなみちゃんは恥ずかしがり屋なのか。同じ学校の男とは至近距離《しきんきょり》で平気で話をしているのに。女って、わからない。

先生が来て授業が始まった。授業中は集中していて気づかなかったが、休憩時間《きゅうけいじかん》になったとき、みなみちゃんからメッセージが届いていたことに気づいた。

『大也くんのことも、教えてね』

教えてと言われても、何を教えたらいいんだろう。話しかけることもできないのに。塾でしか会う機会がないというのに。

みなみちゃんは、友だちの女の子と一緒《いっしょ》にふざけて、斜《なな》め後《うし》ろの席の男の眼鏡を顔にかけていた。男はみなみちゃんのかわいい眼鏡をかけて、笑いを取っている。なんてことだ。自分の彼女の肌《はだ》に直接触れる物に、別の男が触っているなんて、いい気分はしない。

メッセージを送る。

『眼鏡どこで買ったの？』

『駅南の百円ショップ。ダテメなの。かわいいから、塾に来るときだけかけてるの』

知らなかった。視力が悪いのではなく、おしゃれ眼鏡だったのだ。四年生から眼鏡をかけている自分としては、なぜ必要ないのに邪魔《じゃま》なものをかけたがるのか、わからない。

『眼鏡がないほうが、いいと思うけど』

『友だちはかわいいって言ってくれるよ？　眼鏡がないと、恥ずかしいんだもん。塾では頭よさそうに見られたいし』

女の子とは、不可解だ。みなみちゃんがどういう女の子なのかを知るには、まだまだ時間がかかりそうだ。

5

「斉木ちゃーん。おれはもう終わった……」

小川は思いつめた顔をして教室に現れた。元気はないが、積極的にぼくの体にタッチしながら言う。

「斉木ちゃんに彼女ができたのが悔しくて。いろいろ考えていたら興奮しすぎて、がんばりすぎたら勃《た》たなくなった。おれはおしまいだ。中三で使い果たしてしまうなんて」

「そんなわけあるかよ。いくらなんでも中三で使いきれるはずはない」

前例としてうちのお父さんのような男がいるんだから。

「そうかな。一生のうちに人間が作れる精液の量ってどれだけなんだろう」

「調べてみたら？」

「そんなの、わかるのかな。図書館のパソコン、使えるかな」

「学校で調べるつもり？」

「おれの未来がかかっているんだ。自分の体のことを調べて何が悪い。調べ学習だ」

恥ずかしいとは思わないのか。あまりにも堂々と言うので小川のほうが正しい気がする。

「わかったら教えてよ」

小川は急ににやにやしはじめた。

「斉木ちゃんだって切実だよな。いざってときにできなかったら嫌われちゃうもんな」

「いざってときなんてないよ。彼女とはそういう関係じゃないから」

塾の顔見知りだったみなみちゃんは、あくまでも塾の顔見知りのみなみちゃんなのであって、彼女になったからといっていやらしい関心を向ける対象とは少し違う存在なのだ。それに自分の彼女には、汚らしい欲望を持った男だとは思われたくない。清潔で優《やさ》しい、完璧《かんぺき》な彼氏でいたいじゃないか。

「女の子はいろいろと早いのよ。斉木ちゃんがはじめての彼《かれ》じゃないかもよ？」

ひとの彼女に、ひどい言いぐさだ。でも、全否定はできなかった。

みなみちゃんは、かわいいほうだ。同級生だけでなく、塾のアルバイトの先生からも人気があった。そして、物おじせずにつきあいたいと言ってきた。「みなみの彼になってくださいませんか」、と。あれは、恋愛上級者の余裕があったせいではないか。もしかしたら過去に年上の男ともつきあったことがあるのかもしれない。だいたい、あんなにかわいい子が、受験を控えたこの時期になんで自分なんかとつきあいたいと思ったのかもわからない。

突然《とつぜん》、不安に襲われた。白いぬかるみにはまる悪夢の延長にいるような気がした。

みなみちゃんはいま何をしているんだろう。学校で別の男と楽しくしゃべっているのかもしれない。自分以外の男ともメッセージをやりとりしているのかもしれない。もしかしたら、二股《ふたまた》をかけられているのかも……。

「小川の妹だって、彼氏いるんじゃないの？」

「え……」

そこで小川が絶句するなんて、意外だ。小川にも家族の性的なことに触れられたくないって普通の感覚はあったんだ。やめとけばよかったんだけど、言ってしまった。

「もう『大人の女』になったんだろう？　できるじゃないか」

ぼくはそのあと、寝技《ねわざ》に持ちこまれて首を絞《し》められた。

「つまり、おれの妹が、だれかのそういう対象になるのか」

「まあそういうことだな」

「男って最低だな」

お前が言うな。

小川にとって女の子というのは男のプレジャーのためにいるような存在らしい。

「最低じゃない男だっているよ」

「どこにいるんだ？」

ぼくは小川とは違うと思うけど……それを言っても信じないだろう。

「なればいいんだ。小川やぼくたちが最低じゃない男になれば、最低な男の割合が減る。地道にやっていけば、いつか勢力は覆《くつがえ》る」

「最低じゃない男に……なる。なれるのか、おれが」

「まず、さっきからずっとぼくのケツを揉んでいる手を離すことだ」

小川はぱっと手を離し、自分の掌《てのひら》を驚きの目で見て言った。

「いつのまに……」

「なにがいつのまにだ。本当に無意識で触ってるんだったら、高校には電車通学できないぞ。痴《ち》漢《かん》で逮捕《たいほ》されたら退学になるかもしれない。良くても停学にはなるだろう」

「おれの手が、おれを破滅させるというのか。ちょっと触ったくらいのことで」

小川はぼくの胸に手を伸ばしてきた。

「やめろって」

「おれはおれの欲望のままに最低な男でいたい。そのうえで妹には純潔を守らせる」

「最低だな。自分以外には純潔を押《お》し付《つ》けて」

「触られたくない人間は鋼鉄の下着を着ければいいんだ」

「小川みたいなやつに手錠《てじょう》をかけておいたほうが早いよ。お前みたいな男がいると迷惑《めいわく》なんだよ、ホントに！」

つい熱くなって、強い口調で言ってしまった。

でも、これは本当のことだ。同じ男だからといって、同じ欲望を持っていると思われたくない。性的に支配された人間にはなりたくない。なのに精液は作られていく。この葛藤《かっとう》は、いつまで続くのか。

ぼくは、苦悩《くのう》の顔で「ぢっと手を見る」ポーズをしている小川に声をかけた。

「昼休み、調べてみよう」

# 6

ヒトの精子の生産能力は一日五千万匹《びき》から一億匹《ひき》。

死ぬまで毎日作りつづける。

十歳から七十歳までの六十年間でざっくり計算すると、一兆九百五十億匹から二兆千九百億匹を作りつづける。

ちなみに銀河系の恒星《こうせい》の数は二千億から四千億個あるらしい。

星の数ほどという表現があるが、ぼくたちの太陽系がはじっこのほうにあるというこの銀河系、その五個分の光る星と同じ数をヒトのオスは一生涯《いっしょうがい》に生産するのだ。

しかし作られた精子のすべてが排出《はいしゅつ》されるわけではない。古い精子は体に吸収されて消滅《しょうめつ》する。

毎日外に出さないと体に悪い、という小川の主張は間違いだ。寝《ね》ているあいだに勝手に出るときがあって困るんだけど、できたものが体外に出されないからといってたまりつづけて腐《くさ》るというのでもないのだ。

精子ではなく精液で考えてみると、一生のあいだに生産できる精液の量は四十四・八リットル説、七十二リットル説など諸説ある。

小川は言った。

「多いほうがいい。多いほうでいいよ」

「それはおまえの願望だろう。生命として考えたら、種族の維持《いじ》に必要なだけ作ればいいじゃないか」

精液は前立腺《ぜんりつせん》の分泌液《ぶんぴつえき》と精嚢分泌液《せいのうぶんぴつえき》の混じった液体の精漿《せいしょう》と、細胞《さいぼう》である精子で構成されている。精子の量は精液の量ではない。精子の一日の生産できる総量が決まっているので、射精の回数が生産量より増えれば一回当たりの精液に含《ふく》まれる精子の数が減るわけだ。射精の頻度《ひんど》によって濃度《のうど》は変わるし量も一定ではない。

ネット上には嘘《うそ》か本当かわからないいろいろな情報が書きこまれていたので、ぼくたちは人目を気にしてこそこそやりながら、この「調べ学習」を一週間かけて取り組んだ。

一番信頼《しんらい》できそうな数字は、デンマークのコペンハーゲン大学のスカケベック教授のグループが発表した二十八リットル説だ。

「俗説《ぞくせつ》に比べたら、ずいぶん少ないね」

小川はがっかりしていた。

「二十八リットルを六十年で割って、三百六十五日で割ると……一・二七ミリリットルだ。そんなばかな」

「平均するなよ。年齢《ねんれい》の差もあるだろう。中学生と七十歳が同じようとは思えないし、吸収されるなら毎日する必要もないし。それに、一ミリリットルの精液にだって六千万から一億個の精子が入っているんだ。一滴《てき》を大切に考えろよ」

小川が大まじめに言いだした。

「そうか……。おれ、コペンハーゲン大学を目指そうかな。大学でこういう研究ができるなんて知らなかった」

「医学部だぞ。大丈夫か」

「じゃあ被験者《ひけんしゃ》になる。人類のためにおれの精子を提供する」

「これ、その場で博士が測定したんじゃなくてすでに発表されている論文を調べて集計したんだよ。過去五十年のデータで精子濃度と精液量とも減少しているのは内分泌《ないぶんぴつ》かく乱物質《らんぶっしつ》のせいではないかって訴《うった》えたんだ」

「え、精子が減ってるの？　がんばらなくちゃダメじゃん」

「一九九二年の発表だから、もっと変わってるかもしれない」

女の子の場合は、生まれるときにはもう原始《げんし》卵胞《らんほう》というのを卵巣《らんそう》に約二百万個持っている。それが思春期までに二十万から四十万個までに減って、その後も減少していくらしい。それは減る一方で増やすことができないので、赤ちゃんのときから持っていた原始卵胞がなくなれば卵子は作れない。閉経ということになる。

そして、原始卵胞っていうのは、すべてが卵子になるわけじゃない。月に一度、成熟卵胞が一つできるわけだけど、その一回の排卵《はいらん》には千個くらいの原始卵胞が使われて、消滅するんだそうだ。

ネットで調べていくうちに、不妊治療《ふにんちりょう》の情報がかなり多いことに気づいた。それだけ困っている人も多いということか？　うちのお父さんや姉のようにぱっと子どもを作る人がいる一方で、何年も苦労している人がいる。なんて不公平なんだろう。

一組の男女がいて、想像できない数の精子と卵子の組み合わせが可能である中で、一人の人間が誕生するのだ。

そんなすごいことが起きているのに、どうして自分は、こんな自分でしかないんだろう。

人体の細胞数の推定は、三十七兆二千億個という。

でも、だからって、自分にそんな実感はない。

自分は三十七兆二千億個の生きた細胞の集まりなんだって考えると、だんだん気持ちが悪くなってきた。

ぼくが思っていたより、人の体は複雑にできている。

ぼくの心が複雑なのも、しかたがないのかもしれない。

白い泥に足を取られる。嫌なにおいが鼻をつく。

足元から白い泥にずぶずぶとはまっていくのだ。底なし沼に落ちたように。

嫌だ。汚い。

ぼくは汚いのか……。嫌だ。嫌だ。嫌だ。ぼくが汚いんじゃない。世界が汚れているんだ。だから、あんなに気持ちがいいのに、罪悪感を植え付けていく。

ぼくは、間違えたくないだけだ。だれにも文句を言われないよう、ちゃんと自分を理性で管理して、計画どおりにまっすぐ清らかに生きていきたいだけだ。

なのに自分は悪臭《あくしゅう》ただよう白い泥の沼に、もう下半身までうもれてしまった。身動きのとりようがない。夢ならとっくに覚めていいのに。

生きているって汚いことなのかな。大人になるって気持ちが悪いことなのかな……。

それは違うよ！

ぼくを否定する声がする。それもまた、ぼくの声だった。

ぼくは自分が間違っているとわかっている。だけどまだ、受け入れきれていないのだ。生殖可能な性的存在である以前に、自分が実はどういう人間なのかも、まだ全然わからない。ちゃんと尊敬できるような大人になって、だれのことも裏切らないで、一人の人だけを好きになって正しくやっていけるか、まったく自信がないから。日々増していく利己的な欲望に、自分は太刀打《たちう》ちできそうにない気がするから。

## 7

小川がクラスの女子をまた大げさに避けていった。

ぼくは訊いた。

「あいつのこと嫌いなの？」

「田中《たなか》たちに無視されてるじゃん」

「女子に無視されてるから嫌いなの？」

つまり、個人的なトラブルではないということだ。

「だったら斉木ちゃんは、みんなから無視をされるようなやつを好きになれるか」

「無視するやつのほうなら好きになれるわけ？」

「なんだよ、しつこいな。女子に合わせてるだけだろ」

「わざわざ無視するほうに合わせることはないのに……。あ、田中が好きなのか」

「ち、違う」

「田中が好きなんだ？」

「う……そうだけど」

小川は素直《すなお》に白状した。女子ならだれでもいいのかと思っていたし、実は男に興味があるんじゃないかと疑っていたけど、好きな人がいたのか。

「田中に好かれたくてあの子……名前が思い出せないけど、あの女子をわざと避けるのって、遠回りしすぎじゃない？」

ぼくは堂々と友だちに「イジメはやめろよ」という勇気がない。たぶん小川は避けただけでイジメてないって言うだろうし。

「恋愛マスターを自称《じしょう》する男が、直接田中に行かないで、屈折《くっせつ》した初心者同然のアプローチをするのか」

「う……それは」

愚《おろ》かな行いに気づいてくれればよかっただけだ。

言葉に詰《つ》まった小川は、話を切《き》り替《か》えてきた。

「斉木ちゃんは勘違《かんちが》いをしている。おれは自分のことでなく、斉木ちゃんを恋愛マスターにしてやると言ったんだ。で、その後、デートはしてるのか」

わざと答えないでいたらぐいぐい来た。

「おい、どうなんだ。見たのか。さ、触ったのか」

「まだそんなんじゃないよ。メッセージのやりとりばかりで、塾で会っても恥ずかしいからってろくに口をきいてないんだから」

「だめだろ。なんのためにつきあってるんだ」

なんのために？

それは深く考えていなかった。女の子と交際するという経験は、人間の成長過程として必要なのだろうと思う。つきあってほしいと依頼《いらい》されたわけだし、自分には恋愛対象としての価値があるのだと人から承認《しょうにん》されるのはいい気分だった。自分はもう、「女の子とつきあったことがない男」ではないのだ。

小川はまだ知らないのだ。だれもが甘酸《あまず》っぱくて楽しい恋《こい》を経験するわけじゃないってことを。

彼女が別の男としゃべっていたり、彼女が別の男に手を振ったりじゃれあいをしてタッチされていたり、彼女がこっちにすぐ気づかず微笑《ほほえ》んでくれなかったり、なぜか機嫌が悪そうな態度をされたり、持ち物のほとんどが百円ショップで買ったジャンクでセンスのないものばかりの浪費《ろうひ》家《か》だったり、そんなのを目撃《もくげき》するたび崖《がけ》から突《つ》き落《お》とされたような気分になる。

彼女が長いあいだメッセージを読んでくれなかったり、すぐに返信が来なかったり、自分の知らない学校の中のことを書いてきたり、自分には全然興味のないことや好みのずれた話を無神経に長々と書いてきたり、忙しいときに中身のないメッセージを送ってきたり、そういうことのすべてに、自分はイライラさせられる。

自分が別の男と比べられているんじゃないかとか、過去に何人つきあったやつがいるのかとか、別の男とも陰《かげ》で仲良くしているんじゃないかとか、疑いだしてしまうと勉強に集中できなくなる。

ほかのことが考えられなくなるほど江曽島みなみちゃんがむちゃくちゃ好きなのかというと、そんなほどでもないはずなのに。

「斉木ちゃーん、つきあっているなら、もっと会って話さなきゃだめだろ。話していたらだれかが彼女の背中にぶつかってきて、おっとっとってなって、彼女の唇《くちびる》と自分の唇がぶちゅっ、いやーんって可能性もあるんだ。が、会わなきゃゼロだ」

ふざけているのでなく真剣《しんけん》に言われた。

なぜ自分は小川作治なんかと話をしているのだろう。以前は、小川のスケベ脳を軽蔑《けいべつ》していたのに。

多くの大人が、スケベのせいで重大な人生の失敗を招くのだ。だけど、実際はどうなのか。小川はいつも楽しそうだ。

「つきあってるなら、ちゃんと彼氏らしいことをしろ。捨てられるぞ」

小川作治にそそのかされて、江曽島みなみちゃんとのトークをシミュレーションした。

――大也くんは何が好き？

特にない。勉強かな。受験があるし。

――どんな音楽を聴《き》くの？

家ではお父さんがずっとテレビをつけているから、わざわざ音楽を聴いたりしないなあ。スマホの音楽アプリに入っているのは英会話と、お父さんが勝手に入れてしまった古典落語。落語は一度も聴いてないけど。

――好きな食べ物は？

特にこれって思《おも》い浮《う》かぶのはないな。甘すぎなくてまずくなければ平気。できれば、すぐにおなかいっぱいになるものがいい。

――女の子のスカートとパンツ、どっちが好き？

その人が着たいほうでいいんじゃない？　それで、似合っていればいいと思う。本人が決める問題だよね。

――いま一番興味があることは？

高校の推薦入試《すいせんにゅうし》のこと。あと、いまの成績をキープできたとして、将来的にどの進路を目指せば食うに困らない優良企業《ゆうりょうきぎょう》の正社員に確実になれるのかということ。

――あたしのどこが好き？

わからない。みなみちゃんとは塾で会うだけでよく知らないし、正直、どこが好きかを考えたことがない。でも、好きだと思う。だって、つきあってって言ってくれたから。

小川には「あほか」とあきれられた。

斉木大也って、つまらない男だな。自分でもそう思う。このままではいけない。

8

塾の前日、『直接話がしたい』とメッセージを送ると、塾の授業のあとに、少し話をすることになった。

みなみちゃんが極端に恥ずかしがったり嫌がるそぶりはなかったので、もっと早く伝えていればよかったと後悔した。

塾に行くと、みなみちゃんは友だちと一緒に、同じ中学の男とまた戯《たわむ》れていた。それを見ていたぼくは、胃のあたりがきりきりしていた。しかも、また派手な色の安っぽい文房具《ぶんぼうぐ》をなぜか自慢げに見せびらかしてふざけていた。ぼくの彼女としては、ちょっと軽率《けいそつ》ではないか。ちゃんとした人に見られるためには、持ち物にも気をつかうべきだし大切に扱《あつか》うべきだ。

塾が終わると、みなみちゃんはいつも一緒に帰る友だちになにやらうまい理由をつけてバイバイをして、自分との約束の場所にやってきた。

そこは塾の並びの通りの、居酒屋チェーンの大きな立て看板が並んでいるところで、駅からの人通りがあるわりに路面に出っ張った看板がパーテーションになって目につきにくい。よくこんな場所を思いつくものだ。

「おまたせ」

塾では後ろ姿や横顔ばかりで気づかなかったが、伊達眼鏡《だてめがね》のデザインが派手になっていて、まるで面白眼鏡《おもしろめがね》のようになっている。みなみちゃんは女芸人でも目指すつもりか。

「眼鏡、変えたの？」

「かわいいでしょ？　新しくできた北欧《ほくおう》系のショップで見つけたの。これで百円なんだよ」

「どうして百円ショップが好きなの？　もっとちゃんとしたものを持てばいいのに」

「いろんなものをいっぱい欲しいし、かわいいし、安く買ったもののほうがみんなのウケがいいし」

ウケがいい、という発想は自分にはまったくなかった。

「すぐ壊《こわ》れない？」

「どうせ飽《あ》きちゃうからいいの。ちょっとしたら壊れたほうが、次を買えるもの」

「それって無駄遣《むだづか》いじゃない？　少し高くてもちゃんとした物のほうが……」

「いますぐ欲しい物が、一年後も同じように欲しい物だと思う？」

みなみちゃんは、だれにも反論の余地を与《あた》える気がない、というように言葉をすぐ続けた。

「長持ちするものはいいものかもしれないけど、古くなっても価値があるものって、どれだけある？　わたしにはどれが〝普遍的《ふへんてき》〟ってやつなのか全然わからないもの。あのね、十年前に親戚《しんせき》からプレゼントされた外国製の木のおもちゃがあるんだけど、なんか有名なすっごい高級なおもちゃらしいんだけど、それでいま遊んでもわたしは楽しくない。ついでにいうと、もらったときもつまんないおもちゃだと思ってた。先のことを考えていまを決めるより、いまのことを考えて先を決めたほうが、わたしは好きだな。そのほうが絶対に無駄《むだ》じゃないと思う。だって、未来の自分の気持ちなんて、そのときになってみないとわからないもの。いいと思ってても、気が変わることってあるでしょ？　たとえば好きな人とかも、好きになったときは絶対にずっとずっと好きでいられると思うけど、いつのまにかそんなことを思っていたことすら、すっきりさっぱり忘れちゃうんだよ。こんなわたしとつきあってくれる男の子がいるのかなあって心配だったから、斉木くんがいてくれてよかった。女の子は恋をするときれいになるって話、知ってる？　ちょっとは痩《や》せるかなって期待していたんだけど、体重は全然変わらないんだよね。やっぱ相手が良くなかったのかな。もうちょっとドキドキできるかと思っていたんだけど、こんなもんかなって。やっぱ想像してたのと現実って、違うよね。わたし、きれいになったと思う？」

独り言のようにまくし立ててきて、最後に問いかけられた。なにやらショックなことを言われた気がするが自分の中でまだ処理できていない。

答えにくい。つきあってからもまともに顔を見てなかったから、変化なんてわからない。

ああ、みなみちゃんのあごにはニキビができているじゃないか。でも、それは指摘《してき》しないでおこう。女の子の容姿をあれこれ言ってはいけない。

「なんでぼくとつきあいたいと思ったの」

「えー、なんでだったかな。斉木くんて、優しそうっぽいから？」

断定してくれよ。

みなみちゃんは、手にしていたスマホの画面で時刻を確認した。

「もう帰るね。話ができてよかった。ちょうどわたしも伝えたいことがあったの。ちっともわたしの体重減らないし、シンコクに悩《なや》んじゃっててー。……斉木くんて、わたしが思っていた人となんかちがうっぽいみたい。だから、きょうでおつきあい解消します。ゴメンね」

そしてみなみちゃんは帰ろうとした。バイバイと小さく手を振って。

えっ、なに？　自分はいまなにを言われたのか。

高速で記憶《きおく》をもどして再生する。おつきあい解消します。ゴメンね。理由は、恋をしたはずなのに減量効果が期待できなかったから？

ちょっと待て、ちょっと待て。みなみちゃんの目的は、痩せるため？　自分はつまり、恋ダイエットのお試《ため》しセット的な？　ちょっと待て。そんなキャンペーンなんかしたことないし。

格好悪《かっこわる》いが、みなみちゃんの背中に向かって絶叫《ぜっきょう》した。

「まだぼくの話は終わってなーい！」

居酒屋から出てきたほろ酔《よ》いの大人たちが、興味津々《きょうみしんしん》でぼくらを見ている。

みなみちゃんは面倒くさそうに足を止めた。

「なに？　ストーカーとかは、やめてよね。警察に言うからね」

そっちからつきあいたいと言ってきたのに、一方的な終わり方はおかしいじゃないか。

「き、きみは……！」

なんて勝手な女なのか。自分は、きみのような女を飾《かざ》るための安っぽい商品ではない。同じ塾生《じゅくせい》だからと油断していた。

「きみは……。ぼくは…………」

「話さないなら帰る」

「話すったら。ぼくは……ぼくは、彼氏としてどうだった⁉」

「え？　フツーでしょ？　わたし向きじゃなかっただけ」

みなみちゃんはどうでもいいものを評価するようにあっさりと言い、すたすたと帰っていった。

ぼくは三十七兆二千億個の生きた細胞の集まりにすぎない。そして、大きく見積もって、二兆千九百億匹の精子の生産予定者でもある。

え？　これでぼくの初男女交際、終了《しゅうりょう》……？

ぼくは性的存在である以上に、当分のあいだはどうにも自分の人生を受け止めきれそうにない。

# わたしを見ないで

1

中学校へ行く途中《とちゅう》に、大きなファスナーがあります。

三十センチ幅《はば》で、ほぼ真横に約三メートル。そこは、なにかの会社の倉庫が並んでいる広い敷《しき》地《ち》のコンクリートの塀《へい》の一辺でした。格好よく言えばウォールアートともいえる完成度の高い落書きは、目の高さにあって、黒と白とグレーのスプレーで巧《たく》みに描《えが》かれています。

ファスナーはしっかり閉じられていました。でも、取っ手の部分は、だれかに開けてほしそうな形に描かれています。

いつごろ描かれたものかはわかりません。中学生になり、この通学路を使うようになって、ふと気がついたときにはそこにあったと思います。

その道路は、倉庫の周囲にだけ付け足したように歩道が整備されていて、街路樹が植わっていました。

落書きの場所には、奔放《ほんぽう》に枝を広げたハナミズキとアベリアのしげみがあって、車道からは見えにくいのです。歩道を通る人だけが、壁《かべ》の傷口のようなファスナーを端《はし》から端まで目にすることになるのでした。

そのファスナーの落書きは、ときどき、話しかけてくるのでした。ボカロみたいな不思議な声で。

『ねえ、世界をひっくり返してみない？』

ファスナーを開けたら、世界の内側がひらいて、まるでスクールバッグをひっくり返すように裏表にできる……とでも言うように。

わたしは、この世界に生きている違和感《いわかん》を、日々胸の内につのらせている女の子でした。だけど、世界をひっくり返すためのファスナーなんてあるはずがないし、仮にあったとしても、こんな場所にはないだろうし、自分に見つけられるはずがないと思うのです。

そそのかす声を無視して、わたしは学校へ、または家に向かいます。

「おはよう彩萌《あやめ》ちゃん」

朝の教室で、わたしは小学生のときからの友だちに近づいていきました。

「彩萌ちゃんじゃなくて、タナカって呼んでよ。いつも言ってるのに、恥《は》ずかしいなあ、もう」

中学生になってだんだん周りの女の子たちが苗字《みょうじ》で呼び合うようになると、彩萌ちゃんも改名を宣言しました。

カクカクした語感のタナカでは、別の人の名前みたいで、わたしにはしっくりきませんでした。タナカよりは彩萌ちゃんのままのほうが、暖色系が似合うぼんやりした顔つきに合っていると思うのに。

「彩萌ちゃ……じゃなくてタナカ。スカートに糸くずが……」

「ほんとだ。ありがと。じゃあね」

彩萌ちゃんはそっけなくそう言うと、上野《うえの》さんのグループの会話に交じってしまいました。

そのグループの五人は円陣《えんじん》を組んでいるようにがっちり向かい合い、わたしが入りこむ隙間《すきま》がありません。

クラスのほかの女の子たちも、がっちり組み合わさっています。

「おはよー……」

「ああ、おはよー」

あいさつをすれば、みんなはふつうに返してくれます。でも、それだけです。

話しかけたそうにしていると、どのグループのみんなも、床《ゆか》の綿ぼこりが動くみたいにわたしのいる場所からすすっと移動していました。

ふたたび彩萌ちゃんのところにもどって、話に入れてもらおうと「ねえねえ」と肩《かた》を叩《たた》こうものなら、「用がないなら話しかけないで」と言われてしまいます。

ほかの人たちは、用がなくても勝手にしゃべっていると思うのだけど、わたしと話をすることに限ってまるで興味がないらしいのです。

わたしは、その日も始業時間まで一緒《いっしょ》におしゃべりをして過ごす相手が見つけられませんでした。

最近、そんな日が増えました。

ざわざわした教室で、ぽつんと一人。

自分の席で本を開きましたが、集中できずに同じ行の文を何度も読んでしまいました。時間の経過をひたすら待っていると、心細くなって、だんだん不安が強くなります。教室のざわざわのボリュームは大きくなって、耳鳴りのようになっていきます。

わたしは切実に思いました。

透明人間《とうめいにんげん》になれたらいいのに。みんなにわたしの姿が見えなかったら、わたしは、みんなにどう見られているかなんて、意識しないでいられるのに。

一人でいようと二人でいようと、姿が見えなければ関係ありません。へたにはっきり見えているから、見られることが気になって、教室で身動きが取れないのです。

ここにいるわたしだけが、みんなとは違《ちが》う次元にいるのならいいのに、と思うのです。

空気が重くてねばっこくて、息苦しい。

そうだ、また、アレをやろう。

わたしは目をつぶって、鼻から大きく深呼吸をしました。

ゆっくりした呼吸を繰《く》り返《かえ》すうちに、自分の胸のあたりからゼリーのように透明であいまいな形のものが、もやもや生まれてくるのを感じます。透明なそれはやがて、わたしの体よりも大きく広がって硬《かた》い球体になりました。まるで自販機《じはんき》のカプセルトイになったみたい。わたしは殻《から》に守られているのを感じることができました。

透明なカプセルに閉じこもっていると、呼吸はラクになります。異次元から特別な酸素を供給されているみたいに、心穏《こころおだ》やかになれるのです。

そっと目を開けます。

教室のみんなと自分とを隔《へだ》てる球形の膜《まく》を心に感じます。

だれの目にも見えないカプセルが、わたしを守っているのです。

わたしはそれを「がちゃぽん・シールド（ＧＰＳ）」と命名しています。

区切られているのなら、つながれなくても不安になることはない。

話し相手がいないのなら、話さなくてもいい。

彩萌ちゃんとおしゃべりをしていても、退屈《たいくつ》だなあと思うことは小学生のときからよくありました。興味のない話を聞かされて、周りに合わせてきゃあきゃあ盛り上がっていい人を装《よそお》うのも疲《つか》れるのです。

カプセルの中にいれば、わたしは守られています。

話ができないのではなくて、話したいことがないから、話さないだけ。そこにいれば、もうカプセルの外の出来事なんて、関係ありません。

そうしてわたしは、心穏やかに、ほんのり口角を上げて、静かに読書を続けるのでした。

## 2

思い返せば、中学一年のうちは、彩萌ちゃんともまあまあしゃべっていたのです。

中学二年になって、夏休みくらいに彩萌ちゃんが上野さんと仲良くなってから、距離《きより》ができたようでした。

自分が教室に一人でいる、とはっきり気がついたのは、中三の六月の終わりごろからです。

今年の夏は早く来て、毎日蒸《む》し暑《あつ》かったし、修学旅行があったのです。

「その暑苦しい髪《かみ》を旅行の前にさっぱり切っておいで」と母に言われて、わたしは半年ぶりに美容院で髪を切りました。たぶん、それが決定打となったような気がします。

わたしにとって、美容院は居心地《いごこち》の良いところではありません。

美容院では、まず、大きな鏡で自分の姿を直視しなくてはならないのです。しかも他人のいるところで、です。それが恥ずかしくて居たたまれません。おまえはその程度の顔なんだから高望みはするな、と現実を突《つ》き付《つ》けられているように感じるのです。

実際、鏡を見るたびに、自分の顔立ちは頭の中でいつもイメージしていたほどには美しくもかわいくも輝《かがや》くオーラもなく、つまらない女子中学生の一人にすぎないのがわかるので、悲しくなります。小学生のころは自分はわりとかわいいほうだと思いこんでいたのだから、情けないことです。

それから、美容師との会話が嫌《いや》でした。友だちでもない年配の人となにを話したらいいのかわからないのです。なにもしゃべらないのも気まずくていけません。と思うと、緊張《きんちょう》して、喉《のど》がからからになってしまうのです。

いつ洗ったのかわからないビニール臭《くさ》いケープを掛《か》けられるのも、不格好なテルテル坊主《ぼうず》みたいで恥ずかしいです。そして、ケープはブルーシートで巻かれたように、蒸《む》れました。緊張で喉は渇いたままなのに、暑苦しさで顔や頭やわきの下からだらだら汗《あせ》が出ます。汗をかくことは、そのころのわたしにとって猛烈《もうれつ》に恥ずかしいことでした。

わたしは人見知りする恥ずかしがり屋で、過敏《かびん》なのに口下手で、緊張しやすい体質なのでした。

中学一年生までは、髪を切ってくれました。二年生になったある日、クラスの女の子たちが美容院の話をしだしたのです。彩萌ちゃんが美容院で髪を切っていることは知っていましたが、ほかのみんなもそうしているとは知りませんでした。みんなの会話の内容から家で親に髪を切ってもらっているコは「ナイよねー」「ダサい」「小学生じゃないんだから」と思うと知らされ、わたしから母さんに、美容院に行かせてほしいと頼《たの》んだのでした。

母さんはなかなか許してくれませんでしたが、プール開きの前になると、認めてくれました。美容院でお金を払《はら》って切るのなら、バッサリとショートカットにするように、と条件を付けられ、お金を渡《わた》されたのです。

はじめてのことに戸惑《とまど》いつつ、言われるままに、深く考えることなく母から教えられた店に行って、カットしてもらいました。

そして、その髪形《かみがた》はわたしに似合っていませんでした。そのうえ、学校へ行くとショートヘア派には、まったく同じ髪形の人がちらほらいたので、輪をかけて恥ずかしく感じたのです。中学生になってから、わたしはささいなことにも恥ずかしさを感じるようになっていました。長い髪を結んでいたときは気にならなかったのですが、髪を短くすると短い同士で競合して見えてしまうのです。

みんなとカブらない、ましなカットにしてほしい。お正月前に二度目の美容院に行くときには、そう思っていました。しかし、椅子《いす》に案内されてケープ姿の自分を鏡で見せられたとたん、鏡にバカにされるのです。

「おまえはその顔で、髪形の注文をつけようっての？　かわいくなれると思ってんの？」

頭の中が真っ白になります。

美容院でわたしが一番訊《き》かれたくない質問は、「どんな髪形にしますか」でした。

そんなこと、わからないのです。ハンバーガーを選ぶみたいに写真を見せてくれるのでもないのに。ただ訊かれても、どんな髪形があるのか、その店ではどんなカットができるのか、それが自分に似合うのか、通いなれていないわたしにはわからないのです。

そして今年の六月下旬《げじゅん》。三度目の美容院で、わたしは勇気を振《ふ》り絞《しぼ》って告げました。

「ショートカットじゃない髪形にしてください」

「ボブかな？」

「…………」

ボブの髪がイメージできず、答えられません。外国の男の子の名前みたいだし。

年配の美容師は、黄色い髪の女の子の写ったハイティーン向けのヘアカタログを見せてくれました。それがその店にある中で一番若い人用のカタログだったのです。開いてみましたが、校則に違反《いはん》したものばかりで、ふつうの中学生にはまったく意味がない本でした。

だいたい、容姿に自信のある人が写ったヘアカタログを見て選ぼうなんて、自意識過剰《じいしきかじょう》な人間みたいで恥ずかしいではないですか。

かつて、人気アイドルと同じ髪形の女の子を学校で見かけると、彩萌ちゃんはこそっとわたしに言っていたのです。

「髪形を真似《まね》てもあの顔じゃあねぇ。あれでかわいいと思ってるなんて笑っちゃうよねぇ」

そんなふうに、陰《かげ》で笑われるに決まっています。

それに、わたしはだれかの真似をすることが猛烈に恥ずかしいのでした。

芸能人や有名人と同じ髪形になるくらいなら死んだほうがましですし、学校の特定の友だちの真似をしたと責められるのもいやです。みんなと同じになりすぎるのも、外れすぎるのも、気に入らないのです。むろん、派手で目立ちすぎるのも、ナルシストみたいなのも、先生や先輩《せんぱい》から目の敵《かたき》にされるのも嫌です。

わたしは、お勉強のできなそうな人ばかりのヘアカタログを閉じました。

鏡の中の自分が、おびえた目でこっちを見ています。

直視したくない自分の姿を、新しい髪形を想定したうえでリアルに想像しろだなんて、拷問《ごうもん》と同じです。なにも考えたくはない。だけど、黙《だま》っていてはいけないのです。イラつきだしたオバさん美容師に、なにかを伝えなくては。

わたしは、美容院の椅子でだらだら汗を流しながら、長い沈黙《ちんもく》のあとに渇いた喉で告げました。

「ね、ねぐ、寝癖《ねぐせ》のなりにくくしてくださ……」

どもったうえに文法を間違《まちが》えた恥ずかしさで、頭の中が真っ白になりました。

「それじゃ、きょうは後ろにあまり段をつけないようにするわね？」

美容師は、わたしの髪に癖《くせ》があることとか広がりやすいこととか、なにか細々《こまごま》したことを話しながら髪を濡《ぬ》らしてブロッキングします。

「後ろの長さはどのくらいにしますか」

「あ、あまり短くしないでください」

「そろえる程度にしますね」

「えーと、肩ではねないほうが……」

細かな注文をしていると、神経質でナルシストな人みたいで恥ずかしくなります。なにも訊かないでそっとしておいてほしいのに。

「じゃあ少し切りますね。ラインはどうしますか。まっすぐにしてみる？」

「おかっぱ頭みたいになるのはいやです。違うふうにしてください」

美容師は首をかしげながら切りはじめました。ハサミを持つ指がぷっくり太く、腕《うで》もむくんで、中高年のオバさん特有のしみがいくつもありました。歳《とし》をとるのはしかたがないけど、おしゃれさを売りにする仕事なら少し痩《や》せたほうがいいと思います。

「部活はなにかやってるの？」

唐突《とうとつ》に話しかけられました。そんなことを知ってなんになるのだろう、とわたしは警戒《けいかい》します。

「軟式《なんしき》テニス部です」

「楽しい？」

「ふつうです」

「練習が大変そうねえ」

「いえ、別に……」

去年の十二月にここに来たときも、同じことを訊かれたことを思い出しました。

軟式テニス部は彩萌ちゃんにつられて入って、なんとなく過ごしている程度でした。部活が好きというより、辞《や》める理由や必要がないから続けているのです。

「レイヤーはどうしようか？」

「あ、いえ、レギュラーではないです」

言ってから、部活のことではなく髪のなにかを訊かれたのだと気づき、赤面し、どっと汗が出ました。

もうどうにでもしてくれと思います。

わたしを見ないで。

鏡の自分がわたしをにらんできます。

最終的にはどうなりたいか、というイメージを持てないままに、わたしは訊かれたことに答えるだけで精いっぱい。意味がわからないことにはすべて「お願いします」とだけ答えることにしました。

「お疲《つか》れ様《さま》でした」

美容師がケープをはずします。

ドライヤーでブローされた髪は、つやつやになっていました。ただし、仕上がったというその髪形には強い違和感がありました。

なんと言ったらいいのでしょうか。これならたぶんだれかと形がカブることはありません。真似されたとか真似してるとか、文句を言われることもないでしょう。中学生らしい髪形の範囲《はんい》からも外れていないはず。でも、根本的に大事ななにかが欠けている気がするんです。

美容師が合わせ鏡にして、後ろ姿を見せてくれました。

わたしは、情けない気持ちでいっぱいになりました。ありきたりなショートカットのほうが、似合わなくても何百倍もましだったのではないかと。

「すっきりしましたね。かわいいわよ」

美容師のお愛想笑《あいそわら》いは「言われたとおりに切ったんだから、文句ないでしょう?」とわたしを攻撃《こうげき》しているようでした。

どんな事態になっているのか、隅々《すみずみ》まで確認《かくにん》したい。だけど、人前で鏡をまじまじと見たりして、自意識過剰なナルシストだとは思われたくなかったのです。新しい髪形に慣れてないから変に見えるのかもしれないですし。

わたしはそそくさとお金を払って店を出ました。


その日、仕事から帰宅した母は、洗面所に立《た》ち尽《つ》くすわたしを見ると「ワッ」と言いました。

「なに?」

文句あるのかという気迫《きはく》を込《こ》めてわたしが訊くと、母は空々しく知らんぷりをしました。

鏡に映るのは、自分が望んでいた結果とは程遠《ほどとお》い現実。

もっと似合う髪形があるんじゃないかと、つまらないおしゃれ心を出してしまった自分のことを殺したいほど恥ずかしいやつだと思うのです。

もどれ、もどれ、もどれ。念じながら髪を引っ張ります。

いつまでも鏡を見ていたところで、髪が元どおりになるわけじゃありません。

お風呂《ふろ》に浸《つ》かっているとき、明日になったら髪は少し落ち着くかもしれないと思いつきました。そのことに救われて、わたしは眠《ねむ》ったのです。

しかし翌朝、わたしの髪は落ち着くどころか、無残にも舞茸《まいたけ》のように自由にもっさり舞《ま》い広《ひろ》がっていました。

「絶対に休ませないからな！　ちゃんと学校へ行けよ」

わたしがなにも言わないうちから、母は乱暴に言い放ちました。

遅刻《ちこく》ギリギリの時間まで髪に水をつけて撫《な》でてみます。寝癖を直しながら、これはなにかの間違いだ、と思ったくらいです。洗面の鏡の前では、できるだけ自分を見ないように、壁のよごれを熱心に見ていました。見なければ、なにかの間違いが存在しなくなるかもしれないから。

けれど、中学校についたころにはすっかり乾いて舞茸頭にもどっていました。

そのときのわたしの髪形を真似したいと思う人がいたら、それは強烈《きょうれつ》な個性を売り物にしたお笑い芸人くらいでしょう。

「どうしてそんな髪形にしたの？」

彩萌ちゃんから猛烈に不機嫌《ふきげん》な声で訊かれました。

わたしは理由をひと言では説明できず、言葉を濁《にご》すしかありませんでした。できることならその無残な髪形の話題には触《ふ》れてほしくないし、自分の目からいま見えてないことは思い出したくもないからです。

「なんとなく」

「それで、恥ずかしくないの？」

「別に……」

彩萌ちゃんは、わたしの残念な髪形を見て笑ったりはしませんでした。真剣《しんけん》な顔で率直《そっちょく》にひどいことを言うのでした。

「すごいよね。あたしだったら学校に来れない。自殺するよね、絶対」

彩萌ちゃんは朝の教室でそう言うと、わたしから離《はな》れていきました。

わたしは、みんなから好奇《こうき》の目で見られているのを感じていましたが、わざとなにも感じていないふりをしました。恥ずかしいと認めてしまったら、負けです。一日や二日休んだところで、髪が伸《の》びるわけじゃありません。

もしもその朝、教室に飛びこむなり、「ちょっと聞いてよ、美容師が超下手《ちょうへた》で」とか「笑えるっしょ。あたしもう死にたいんだから」と、人に会うたびに話してしまえたら、みんなの態度は違ったかもしれない。

残念な髪形をネタにすることで、実は本人が一番気にしていて心を痛めているのだということをみんなに伝えてしまえたら、「お気の毒にね」とか「はやく伸びるといいね」と受け入れられたのかもしれません。

しかしわたしはもともとおしゃべりなタイプではないし、臨機応変でコミュニケーションのやり方を変えられるほどの人生経験もなかったのです。自分がバカのふりやかわいそうなふりをすることでなにかを得ようという発想はまるでありませんでした。

わたしは失敗を受け入れないことで、失敗そのものを失《な》くそうとしました。鏡がなければ自分の目には見えないのです。そして、自分のプライドが傷つかないように、気丈《きじょう》に振《ふ》る舞《ま》うことだけで精いっぱいでした。

修学旅行の集合写真を撮《と》ったときも笑顔《えがお》で写りました。班行動中にだれからも話しかけられなかったというのに楽しげに。

そうやってわたしが自分を守ろうとすればするほど、結果は裏目に出てしまったわけです。

わたしを見ないで。

わたしは恥ずかしさのあまり、本当の気持ちを表現することができません。人にいじられて喜ぶキャラでもないし、少しでもバカにされるのはプライドが許さないのです。他人から「恥ずかしい人」と思われているなんて、絶対に認められません。

「なに、あれぇ」

「目に入るだけで恥ずかしい」

「見苦しい」

クラスの女子が「なにか」について囁《ささや》き合《あ》っているのです。

でも、なんの話をしているかなんて、わたしには関係のないことでした。

わたしにできることは、がちゃぽん・シールド(GPS)をしっかりと張りめぐらせることしかないのです。

3

十月に入った週の、ある昼休み。わたしは図書室に行く途中で、担任教師の慶野《けいの》に呼び止められました。図書室の前の廊下《ろうか》にはいつも人けがありません。

慶野は、安っぽい眼鏡をかけた、国語科の物静かな五十代の男性でした。いつも深緑色のジャケットを着用していて、身なりはきちっとしているほうですが、しらがを染めていないので実際よりも老《ふ》けて見えます。

教え方がうまいとは、特に思いません。学生時代はマラソンの選手だったと、時折、自分の昔話をする人です。「人生はいろいろです」が口癖《くちぐせ》。「人生はエロエロです」と男子に口真似《くちまね》されたのを聞いても怒《おこ》るわけではありません。「そういう人もいます。だから人生はいろいろなんです」と返すくらいです。

特定の生徒に媚《こ》びたり、やたらと威張《いば》ったりはしないので、わたしは慶野が嫌《きら》いではありませんでした。

「あなたは、自分から友だちの輪に入っていけばいいのに。どうして壁を作っているんですか?」

「壁なんて作ってないですよ」

休み時間には教室にいない慶野が、いつがちゃぽん・シールド(GPS)を見たのでしょうか。友だちの輪から「はずされている」のではなく、わたしから入っていかないのだと思われているのなら、かなり正しい見方です。ですが、次に……。

「学校が、つらくないですか」

淡々《たんたん》と言葉を投げかけられて、わたしは恥ずかしさでいっぱいになりました。なんだか自分が危《あや》うい人みたいに思われています。あせったわたしは、笑顔で明るく答えました。

「ないです。全然、ないですよ! あはは」

それは自分でもあきれるほど、楽しげな声色《こわいろ》でした。

「そうですか。無理して人と仲良くしろとは言いません。世の中にはいろいろな人がいますからね。適宜《てきぎ》に、うまくやっていくのがいいです」

「はい。あのぅ、図書室に行きたいんで、いいですか」

はやく解放されたくて、慶野に返却《へんきゃく》する本の表紙をちらりと見せました。図書室ならがちゃぽん・シールド（GPS）を張らなくても、一人で黙って過ごすことが歓迎《かんげい》されるのです。

「もし、ムリかなと思ったときはがんばらなくていいので、すぐにぼくやこの学校のだれかに相談してください。自分を大事にね」

はい、と愛想《あいそ》よく答えて、そこから早歩きで離れました。ひそかに気にかけられてしまったことが猛烈に恥ずかしくて、情けなくなって、体じゅうかっかして汗が出てきました。それから涙《なみだ》も少し。

図書室に入ったあと、監視《かんし》カメラがあるのではないかと、思わず探してしまいました。

自分の見ていた世界よりも、ひとまわり外側の世界から見守られていることを知らずに無防備でいたこととの恥ずかしさ。

わたしはなにもしていないのに。わたしを見ないで。見えてることをわたしに気づかせないで。見えてなければ、存在しない。透明人間になっていれば、欠点すらだれにも見えない。そうなっていれば、わたしは完全無欠の存在でいられるはずなのに。

わたしは、図書室の書架《しょか》の間で、ぎゅっと目を閉じるのでした。わたしを見ないで。

下校途中、わたしはいつものように大きなファスナーの前を通り過ぎました。

その正体は、コンクリートの塀に、黒と白とグレーのスプレーで描かれた約三メートルの落書きです。

あたりはもうかなり薄暗《うすぐら》くなっていましたが、ファスナーの形はくっきりとわかります。

『ねえ、世界をひっくり返してみない？』

壁の傷口のようなファスナーが、話しかけてきました。

いつまでも落書きを放置しておかないで、塀の持ち主が消せばいいのに、と思います。

「うるさいよ」

『ふふん……』

通り過ぎざまに笑われた気がして、ふと気になって振《ふ》り返《かえ》ると、壁の傷口のようなファスナーがまた話しかけてきました。

『世界をひっくり返してみない？』

ファスナーはしっかり閉じられています。でも、取っ手は、開けてほしそうな角度で止まっていました。

世界なんて、そう簡単にひっくり返せるものじゃない。

だけどもし、あのファスナーを開けることができたら、なにかが変わるの？　開けてひっくり返したら、なにが出てくるというの？

できるわけがありません。

あたりを見渡《みわた》すと、車道を通る車はなく、人の気配もありませんでした。

今なら、バカなことをしても、だれにも目撃《もくげき》されないでしょう。

肩にかけていた学生カバンとラケットを歩道に放り出すと、わたしはファスナーの落書きに駆《か》け寄《よ》りました。

きっとつかめる！

わたしが手を近づけると、ファスナーの取っ手は当たり前のように立体的に実体化したのです。

つかんでみると、金具らしい冷たい感触《かんしょく》を確かに感じます。

信じられなくて、心臓がドキドキしました。興奮のあまり、ざっと鳥肌《とりはだ》が立ちました。

開けてみよう。

両手で金具をつかんで動かします。ジジジとスムーズに開いていく手ごたえを感じながら、わたしは端まで一気に三メートル、短く駆《か》け抜《ぬ》けました。

開きました。コンクリートの塀に、薄《うす》くファスナーの隙間ができています。その奥行《おくゆ》きがどれだけあるのかは、まだわかりません。

なにが見えるの？

わたしは端から真ん中にもどって、その隙間を両手で上下に広げました。

薄闇《うすやみ》の中、ぎらぎらに濡れた何かがありました。

ギョロリ。

わたしは「ひっ」と短く悲鳴をあげました。大きく開いた隙間から、一・五メートルはありそうな巨大《きょだい》な目玉が一つ現れたのです。思わずあとずさってバランスを崩《くず》し、歩道の花壇《かだん》のアベリアのしげみにしりもちをついてしまいました。腕や脚《あし》に小枝が刺《さ》さり、痛さにうめきます。

まるでファスナーが生き物のまぶたであるかのように、大きな目玉は茶色い虹彩《こうさい》に囲まれた瞳《どう》孔《こう》をきゅっと収縮させて、じろじろとこちらを見ていました。

騙《だま》された。と、閉じないと……。

びくびくしながら立ち上がって移動するわたしの姿を、目玉はゆっくり動いて追いかけます。

気味の悪い生き物をつかまなければならないときの言いようのない恐《おそ》ろしさの中で、わたしはファスナーの端の取っ手に触れようとしました。しかし一足先に、目玉はうるうると潤《うる》みだして、涙をファスナーのふちにためていたのです。勇気を奮ってようやく触れたそれは、ぬめぬめした涙で滑《すべ》ってしまい、しっかりつかめません。

そうしているときも、目玉はわたしをじろじろ見ています。

わたしを見ないで！

わたしのことは放っておいてよ！

ファスナーがまばたきをします。

『ねえ、世界をひっくり返してみない？』

そそのかすような声。そんなバカげた言葉を信じて、開けなければよかったのです。世界をひっくり返すなんて、嘘だったのです。中学生にもなって、現実にはあり得ないことを信じて、騙されたのが悔《くや》しいと思います。

「あんたがそこにいたら、どうやったってひっくり返せない。奥行きがなきゃ、ひっくり返せないでしょ！　嘘《うそ》つき！　嘘つき！　この大嘘つき！」

叫《さけ》びながらそこを離れようとすると、ファスナーの目玉は、塀の表面をずずっと這《は》いずってついてきました。

足がすくみ、走ろうにもうまく走れません。

そのときでした。

「どうしたん？」

男の子の声がしました。わたしがおびえすぎていたから、怖《こわ》がられているのかと不安になったのでしょうか、男の子は気まずそうに言いました。

「同じクラスの者なんだけど……」

「うんわかる。斉木《さいき》くん」

「そう。大丈夫《だいじょうぶ》だった？　なんか様子が変だったから」

塀を見ると、ファスナーの目玉は閉じたふりをしていました。

「その落書き、こっちのほうにあったっけ？」

斉木くんが言うので、わたしは言いました。

「動いたの」

「へえ」

斉木くんは確かめるように近づいていきます。

「気をつけて。目玉が……」

「目玉？」

わたしはそれ以上言えませんでした。もしかしたら、斉木くんには見えないかもしれないと思ったから。

「この落書き、はやく消してしまえばいいのにな」

『ねえ、世界をひっくり返してみない？』

斉木くんが塀に背を向けてこちらを見たとたん、ファスナーのまぶたが開いて目玉がわたしを見ました。その目は挑戦的《ちょうせんてき》に笑っていました。

「なんなの、もう！　なんで見てるの？」

わたしは思わず、両手で自分の目をふさぎました。

「ご、ごめん。つらそうだったから」

「斉木くんに言ったんじゃないの」

わたしは両手で顔を覆《おお》ったままで言い訳しました。

「目玉があるんだね」

「なんで見えるの？」

「たぶん、きみにはそう見えているのかなって。ぼくになにかできることはある？　どうしたらいい？」

「そのファスナーを開けてしまったの。閉められなくなって」

「じゃあ、ぼくが閉めるよ。そのまま目をつぶっていて」

「世界をひっくり返してみないって言われて、騙されたの」

「閉めたよ。閉められた」

「ほんとに？」

信じていいのか、とても不安でした。

そこにいる斉木くんだって、本物かどうかわからない。目を開けたら、いないかもしれない。

しばらくそのままでいました。

自分は石になったんだ、と思って動かずにいたのです。

「そろそろ、帰らない？」

声がしました。斉木くんは、石になったわたしのそばで、ずっと待っていてくれたのです。少し変わったところのある人なのか、お人よしの優《やさ》しい人なのか、どちらなのかはわかりません。

「動ける？　目を開けたくないなら、この塀が途切《とぎ》れるところまで引っ張っていってあげようか。いつまでもここにいるわけいかないし」

「置いていけばいいじゃない」

「そうしてほしいならそうする。同じクラスだし、困っているように見えたから、ごめん。教室の空気、ぼくは全然わかってなくて……わかってから、いつも大変そうだなって思っていたし」

冷たい言い方をしてしまったことを後悔《こうかい》しました。でもわたしはまだ目を開けたくありませんでした。

「手、握《にぎ》ってほしい」

「え……あっ、え？」

「一人じゃないって、斉木くんがいるって、確かめたい」

目で見てなくても、斉木くんが動揺《どうよう》しているのがわかりました。汗かいてたらごめんって、照れくさそうに掌《てのひら》を服でこすっているようでした。わたしのことを女の子として見てくれている人がいるなんて。

目を閉じたままで、顔を覆っていた手を下ろし、斉木くんがいる側の手をそっと差し出しました。

そっと、わたしの指先に触れてきた指が、しっかりわたしの手を握りしめてくれました。

「ぼくは、いるよ。ぼくなんかで悪いけど、とりあえず今は一人じゃない」

「そうだね」

わたしは介護《かいご》される人のように手を引かれて、ゆっくりゆっくり歩きはじめます。

「斉木くんは、世界をひっくり返してみたいと思ったこと、ある？」

「世界っていうのが、よくわからないな。ぼくの場合、自分の存在とか、生まれた意味とか、人生とはなにかとかよく考えるけど」

「へえ、そうなんだ……」

「塀が途切れたところまで来たよ」

わたしたちは手を離しました。

後ろを振り返らないようにして、わたしは目を開けました。

「ありがとう。変なことにつきあわせてごめんね」

「そんなに変なことじゃないよ。あの落書き、ぼくも嫌だった。消してもらうよう学校から頼んでもらえないかな。美化委員とかでボランティアをやったらいいかもな」

分かれ道で、斉木くんはわたしを見ないように顔をまっすぐ前に向けたまま言いました。

「少し前から考えていたことなんだけど……」

そのまま行ってしまってもよかったのですが、わたしは言葉の続きを待ちました。

「明日、教室できみにおはようってあいさつしてもいい？」

「どうして？」

「小川作治《おがわさくじ》が田中《たなか》さんのこと好きなんだって。きっかけがあれば教室の空気、少し変わるかなと思って」

「小川くんが、彩萌ちゃんを？」

「脈、ないのかな」

小川くんといえば、担任の慶野の口真似をして「人生はエロエロです」っていつもエッチなことを言ってる印象しかありません。

わたしは、ちょっと笑ってしまいました。

「んー、面白《おもしろ》いかもしれないね」

味方になってくれる人ができたら、いつか、世界がひっくり返せるかもしれません。一人でもおはようと言ってくれる人がいたら、がちゃぽん・シールド（ＧＰＳ）を使わなくたって、前みたいに、教室で自然に呼吸することが当たり前になるのかもしれません。

# 恋《こい》する熱気球

# 1

今度の土曜に、区民センターで合唱の発表会がある。

学校図書館のカウンターの隅《すみ》に置いてあったチラシをなんとなく見ていたら、元合唱部の岩舟《いわふね》美香萌《みかも》さんに「よかったら聴《き》きに来て」と誘《さそ》われた。なんでも、うちの中学の合唱部の有志が、地域のママさんコーラスのお手伝いとしてそこに参加するらしい。大人の手伝いを中学生がするなんて、かっこいい。

岩舟さんは、図書館のほかの利用者を気にして、小さめの声で言った。

「三年のこの時期に、暇《ひま》なおばさんたちとハレルヤなんか歌っている場合じゃないって担任には言われてるんだけどね。ハレルヤじゃなくてオチルワだぞって」

「うわ、おやじギャグ」

わたしが笑うと、岩舟さんも共謀《きょうぼう》するように、にこっとした。

岩舟さんのクラス担任の先生は、五歳児《さいじ》のママでピンクのスーツを着ているにもかかわらず、振《ふ》る舞《ま》いや話す内容が、てかてかした五十代のおっさんみたいなのだ。生徒思いのいい先生ではあるけれど。

「ハレルヤがオチルワにならないよう、イベントが終わったら、入試モードになりますって言っといた。そろそろ読書するのも控《ひか》えたほうがいいのかなぁ」

「まだ十一月なのに？」

わたしが驚《おどろ》くと、岩舟さんは肩《かた》をすくめてみせた。しょうがないよ、という意味なのか、受験生の自覚のないのんきなわたしに対して肩をすくめたのかはわからない。さくさくと本の貸出手続を済ませると、「じゃ」と軽く言って図書館を去っていった。

岩舟さん、かっこいいなあ。

彼女《かのじょ》とは同じクラスになったことがないけれど、学校図書館の昼休みの常連同士のおつきあいだ。頭がいいし、すらっとしているし、落ち着いているし、美少女系やかわいい系でもないんだけど、なんというか、身にまとっている空気が澄《す》んでいる。あの子が歌う姿は、きっと舞台《ぶたい》で映《は》えるだろう。

もたもたと貸出手続を終えて、カウンターの隅のチラシを手に取る。裏面《うらめん》のプログラム欄《らん》を見たら、イベントでは合唱のほかに、詩人の谷川俊太郎《たにかわしゅんたろう》さんの「生きる」という詩の群読があった。「生きているということ　いま生きているということ」で始まるそれは、わたしの大好きな詩だ。本も持っている。

群読ということは、だれか一人が朗読するのではなく、大勢の人がひとフレーズごとに読んだり、声を合わせて読んだりするのだろう。それは、あの詩の世界にぴったりだと思う。興味がある。ぜひ聴きたい。

わたしは図書館を飛び出して、岩舟さんの教室目指して廊下《ろうか》をダッシュした。「ぜったい行くから！」って伝えたくて。

あの詩は、お兄ちゃんがわたしに教えてくれたのだった。ちょうど、詩を書く課題かなにかが出たときに。柚乃子《ゆのこ》だったらこの詩にどういう続きを書くかって、読ませてくれたのだ。おれには詩がわからんから、柚乃子が考えろ、なんて言って。四つも下の妹を頼《たよ》るなんて、おちゃめさんなんだから。

わたしの大好きなお兄ちゃんは、今年の春から大学生になって、北海道《ほっかいどう》で一人暮らしをしている。夏休みにはこちらに帰ってきたけれど、一週間の予定を二日で切り上げて、すぐに北海道にもどってしまった。話したいことがたくさんあったのに、お母さんに邪魔《じゃま》されて、ほとんど話ができなかった。お母さんが守護霊《しゅごれい》みたいにお兄ちゃんにべったり張り付いて世話を焼きつづけていたせいで。

メールを送っても、お兄ちゃんはあまり返事をくれない。来たとしても「よかったね」とか「がんばれ」とかのひと言だけ。そんな返事しか来ないと、こちらは次のメールを出しにくくなる。勉強やバイトが忙《いそが》しいのかもしれないから、電話も、理由がないとかけにくい。

だけど、群読で「生きる」を聴いてきたって話なら、電話で報告してもいいような気がする。だって、お兄ちゃんも知っている詩のことだもの。わたしが宿題を手伝ってあげた詩のことだもの。

あの詩では、生きていると実感するのはどんなときのことを言うのか、たくさんの感じ方が羅《ら》列《れつ》されていく。その言葉たちは、みずみずしくて、キラキラしていて、なのにちょっと悲しかったり寂《さび》しかったりもする。うふっと笑っちゃうこともある。そして、勇気がわいてくる。両手で水をすくうような形の、深いガラス鉢《ばち》の中に小さいけれどパワフルな泉があって、そこから「いま、生きているよ！」という感じが、噴水《ふんすい》のようにとめどなくわき出しているイメージ。その器《うつわ》からあふれたしぶきは重さのない光のビーズに変わって、そこらじゅうを跳《は》ねまわって星のように輝《かがや》いて、わたしの心の中を明るくしてくれるのだ。

前に、この感想をお兄ちゃんに話したときには、「わけわかんねえ」って、そっけなく言われちゃったけれど……。

それにしても、なんでうちの学校の図書館は一階の果ての、教室から遠い場所にあるのだろう。運動不足のせいで帰りの階段で息が切れはじめる。

「きゃっ！」

慌《あわ》てて曲がった階段の踊《おど》り場《ば》で、すれ違《ちが》った人のひじに手があたって、借りた本を落としてしまった。落ちた場所が悪く、本は階段の途中《とちゅう》までバサバサ跳《は》ね落《お》ちてしまう。

「那珂川《なかがわ》さん、こらぁ！」

そこにたまたま居合わせた先生のお叱《しか》りの声に、びくんとする。数学の釜川往路《かまがわおうじ》先生だ。産休補助教員で、先月出産した田川《たがわ》先生の代わりに来ている。学生時代にメンズ雑誌のモデルをしていたという噂《うわさ》で、まだ大学生と言っても通用するような、お兄ちゃんのようなさわやか先生。校内には非公式ファンクラブが乱立している。

「すみません、急いでいて」

「走ったら危ないよ。怪我《けが》したらどうするの」

釜川先生は階段を上がりながら本を拾い上げて、わたしに返してくれた。ばっちり表紙を見られて、恥《は》ずかしい。なんでヤモリ図鑑《ずかん》なんて借りたんだろう。こういう瞬間《しゅんかん》には、もっと女の子らしい、ふわっとした装丁《そうてい》の小説を借りていたかった。でも図書館の物語の本はほとんど読んでしまったし。

「すいません、図書館の本が傷《いた》んでしまいましたよね」

「本よりも、きみのことを心配してるんだよ。ね？」

瞳《ひとみ》の奥《おく》を覗《のぞ》くように、顔を近づけてじいっと見つめられた。釜川先生はとても優《やさ》しい目をしてる。大人っぽいのに、どきっとするほど少年っぽい。瞳はたっぷり潤《うるお》っていて、磨《みが》いたみたいにつやつやしている。えーと、恥ずかしいのに目をそらせない。家族でもない男性から、こんなふうにまっすぐに何秒間も見つめられたことなんて、はじめてだ。どうしよう、どうしよう。

えっ、なに……この感覚？

──三、二、一、着火！

ボッと顔から火が出たような気がした。顔だけじゃなくて体の中心も熱くなる。え？　燃えてるの？

「釜川先生」と横からだれかが呼びかける。ふいにわたしの視界が自由になる。「きょうはうちらと一緒《いっしょ》にバレーするって約束していたじゃないですか」と、かわいく唇《くちびる》をとがらせる非公式ファンクラブの女子力の高い一年生が先生に話しかけていた。

念のため、自分の頰《ほお》に手をあてたら、当たり前のことだけど、本物の火がついて燃えていたわけではなかった。熱はどんどん引いていく。

目をパチクリするしかないわたしに、釜川先生は「気をつけなさいね」と微笑《ほほえ》むと、一年生に腕《うで》を引っ張られるようにして行ってしまった。

それにしても、気のせいだとしては、ずいぶんはっきり、身も心にもボッと火がついたような気がした。「顔から火が出る」ということわざがあるけれど、あれはマズイ状態になって恥ずかしいことを表すものだ。廊下を走って叱られたとはいえ、ひどく恥《は》じ入《い》る状況《じょうきょう》ではなかったはずだけど……。

まさか、「恋の炎《ほのお》」とか？

そう思ったとたん、自分で噴《ふ》き出《だ》してしまった。自他ともに認めるブラコンのわたしが、ほかの男性に恋をするはずがない。法律の壁《かべ》でお兄ちゃんとは結婚《けっこん》できないのならば、わたしは一生独身でいいと思っている。友だちには、「中三になってもそれじゃあ、立派な変態だね」とか「お兄ちゃんが気の毒」とかって笑われてしまうけど、わたしは本気でいたのだ。

2

友だちが出演する区民センターの合唱の発表会に行こうと思う、とお母さんに話したら、「あら、いいわね」とすぐに賛成してくれた。だけど、日にちを言ったとたん、渋《しぶ》い顔になってしまった。

「その日は、親子読書会の日よね？」

忘れていた。物心ついたときから、親子でずっと参加している月例会があった。

「一回くらい、休めないかな……」

「なにを言ってるの。無理なことを言わないで」

「でも、中学になっても参加している子なんて、ほかにだれもいないじゃない。わたしの次に下の学年で来ている子だって、小五でしょう」

「だからこそ続けることに意義があるんでしょう？　それに、よそはよそ。みんな部活や受験で忙しいんでしょうよ」

「わたしも受験生だよ」

「わっ驚いた。柚乃子が受験勉強をしているところなんて見たことないわ」

皮肉たっぷりに言われてしまった。すぐに反論できない。

「親子読書会にも行けないような受験生なら、発表会を見に行く余裕《よゆう》だってないはずだけど？」

「発表会が終わったら、入試モードになるんだもん」

とっさに、岩舟さんが言っていたことを真似《まね》て返した。

「入試モード？　行きたいところはなーい、入れるところでいーいって言っていたわよね。無理して入ったら、勉強ついていくのが大変だから、柚乃子は無理しないのぉーって」

ものすごくバカで幼稚《ようち》な子っぽい口真似《くちまね》をされた。そんなことを言った記憶《きおく》はあるが、たったいま再現されたほどバカっぽくは話していない。

「友だちが出るイベントなんだよ？　一度きりなんだよ？　毎月ある親子読書会よりも貴重で大切だと思うんだけど」

「親子読書会が優先よね。一度でも休んだら癖《くせ》になって、来なくなるものなのよ。よその家の子たち、そうだったでしょう。親だけ参加するなんて、お母さんは嫌《いや》だわ。子どもをコントロールできない親なんですって認めるようなものだもの。ああいうものは続けなくてはだめ。テーマの本は、もう読んであるでしょう？　もう、ずっと前から決まっていることなの。この話はこれでおしまい。そうそう、昨日の洗濯物《せんたくもの》入《い》れに出したハンカチにしみがついていたけれど、なにをこぼしたの？」

「そんなの覚えてないよ」

「ポケットティッシュはちゃんと持っていってるの？　きょうは学校でなにを勉強してきたの？　まさかいじめられてないわよね？　嫌なことがあったら、先生にでもお母さんにでもちゃんと話すのよ」

そして、いつものようにお母さんのおしゃべりが、わたしの周りを嵐《あらし》のようにザアッザアッと通り過ぎていく。

柚乃子が好きな漫画《まんが》の新刊ね、来月は三冊も出るみたい。今月のお小遣《こづか》いは全部使わずにためておきなさい。去年録画した深夜アニメのデータは、いつまで残しておくつもりなの？　あれ、つまらなかったわよ。お父さんが、もっと柚乃子と話がしたいって寂しがっているわ。シャープペンの芯《しん》はいつ補充《ほじゅう》した？　通学カバンの底にゴミがたまっていて汚《きたな》かったから掃除機《そうじき》で吸い取っておいたわよ。爪《つめ》はいつ切ったの？　その前髪《まえがみ》を切るのは来週くらいがいいわね………。

お兄ちゃんが家を出てから、お母さんの関心のほとんどは、わたしに向けられている。春までは、半分の関心で済んでいた。というより、お母さんはお兄ちゃんのことが大好きで、半分どころか、きっと八割はお兄ちゃんのために行動していた。いまになってみると、わたしのほうは二割の関心くらいでちょうどよかったのだ。放っておいてほしいとき、お母さんがお兄ちゃんに気を取られているあいだにすっと離《はな》れてしまえばよかったから。いまはそれができない。

部屋で音楽を聴いてくつろいでいるときも、お風呂《ふろ》に入っているときも、テレビの前でうたた寝《ね》しているときも、お母さんは容赦《ようしゃ》ない。トイレに入っている時間が長いときには、便秘なのか下痢《げり》なのかと薬箱を持って訊《き》きに来る。

手取り足取り世話をされたい小さな子ではないのだから、悪気がなくても、善意だとしても、うっとうしい。お母さんにしてみたら、親として正しいことをしているつもりなのだ。だから、「放っておいて」なんて言ったものなら、たちまち親不孝者だと大騒《おおさわ》ぎになる。話し合いと称《しょう》して、お母さんの気が済むまで何時間も向かい合って、親がどれだけ子どもに尽《つ》くしてきたのかの話を聞かされるのだ。

「お兄ちゃん、どうしているかな……」

わたしがつぶやくと、お母さんの暴風は、一瞬《いっしゅん》ぴたりとおさまり、向きを変えた。

「洗濯物を宅配便で送ってきなさいって言ってるのに、送ってこないのよ。お母さんが洗濯してきれいにアイロンをかけて送り返してあげるって言っているのに。そういえば、ちゃんと自分で耳そうじをしているのかしらね……全然メールを送ってこないで」

お母さんが携帯電話《けいたいでんわ》を手にしたので、わたしは自室に逃《に》げこんだ。鍵《かぎ》がかかるわけじゃないから、自分の部屋なんてあってないようなものだけど。どこにいてもかまわずかずか入ってきて、頭や心の中にも侵入《しんにゅう》してくる。それがうちのお母さんなのだ。

ただし、一日のうちに一度だけ、わたしの静寂《せいじゃく》と内省《ないせい》がお母さんよりも尊重される時間がある。

日記の時間だ。

小学一年から始めて、毎日続けてきた。一行だけの日もあれば、二、三ページ書《か》き綴《つづ》るときもある。時には絵だけの日もある。お母さんから言いつけられた義務なのだ。だけど、利点があった。わたしが日記にしているノートに向かってペンを握《にぎ》って考えているときは、話しかけてこないのだ。いま日記を書いているからと言えば、用があっても待ってくれるのだ。だから、それが、毎日続けられた理由だと思う。

わたしは机に向かって日記のノートを開いた。

ペンを持って、きょうのことを振《ふ》り返《かえ》る。

「ぜったい行く」って岩舟さんに言わなくてよかった。階段で釜川先生と話したら、なんのために急いでいたのかを忘れてしまって、言いそびれてしまったのだけど。そういえば、昼休みのあの「火がついた」感じって、なんだったんだろう。釜川先生は、ほかの生徒にもあんなふうに瞳を覗きこむようにして見つめたりするのかな。かっこいい先生だとは思っていたけど、数学は得意じゃないし、授業以外ではしゃべったことはなかった。なのにちゃんと名前を憶《おぼ》えていてもらえたのは、うれしい。叱ったのだって、わたしが怪我をするのを心配してくれたからだし。かっこいいくせに、優しいじゃん。

目を閉じると、あの、つやつやした優しい瞳がまぶたに浮《う》かぶ。ううん、目を開けても、頭の中にまなざしが残っていた。釜川先生との階段での一件を思い出したとたん、今も先生にじいっと見つめられているような錯覚《さっかく》に陥《おちい》った。そっと包みこむようでいて、逃がさないよって束縛《そくばく》するようで。モデルなみのさわやか教師にあんなふうに見つめられちゃったら、きっとどんな人だってドキッとするだろうし、場合によっては恋がはじま……。

——三、二、一、着火！

ボッと顔や体の中から火が出たような気がした。

「ヤバッ、また？」

思わず声に出してしまい、両手で口を押《お》さえる。いま騒《さわ》いだら、お母さんが覗きに来て、あれこれしつこく訊くだろう。

燃えている感じは続いている。顔や体が熱くなって、熱い空気が体内に満ちてくるのがわかる。どうなっちゃうの？

だめ。だめっ。首をぶんぶん振《ふ》って、頭の中を占領《せんりょう》している釜川先生の潤った黒い瞳のイメージを消す。因果関係が少しわかってきた。釜川先生の目が、わたしのなにかに火をつけるのかも。どうしよう。消さなくちゃ。

わたしは机の隅に積んである本を一冊両手で持つと、バコンと自分の頭を叩《たた》いた。厚みのある文学全集だったので、なかなかの衝撃《しょうげき》となった。念のためにもう一発。

痛みで、くらくらした。顔と体の熱さが引いていく。

本を元の位置に置くと、今度は腹が立ってきた。その本は、親子読書会の今度のテーマの作品が収録されている本なのだ。

今度の定例会では、二つの「鼻」について話し合うのだ。芥川龍之介《あくたがわりゅうのすけ》とロシアの作家ゴーゴリには、偶然《ぐうぜん》にも同じ「鼻」というタイトルの短編がある。文豪《ぶんごう》には申し訳ないけど、わたしにはどちらもあまり面白《おもしろ》くなかった。鼻が巨大化《きょだいか》したり、なくなってしまったりしたら困るだろう。だけど、わたしにとっては鼻をめぐる諸問題よりも、岩舟さんの参加する発表会に興味があった。合唱だけでなく、詩の群読というものを聴いてみたかった。そして、お兄ちゃんに電話で報告するのを楽しみにしていたのに……。

わたしは悲しみを紛《まぎ》らわすために、スマホを手にして、お兄ちゃんにメールを送ることにした。

大好きだったお兄ちゃん。お兄ちゃんが家にいないので、毎日わたしは疲《つか》れてしまってます。わたしを残して一人暮らしをするなんて、裏切り以外の何ものでもないですよ。

でも、恨《うら》みがましいことは書かない。かわいい妹でいたいから。

『お兄ちゃん。十一月になって、そっちはもうずいぶん寒いですか？ 柚乃子は受験生なので、なにかアドバイスが欲《ほ》しいです。忙しかったらひと言でもいいのでお願いします。やっぱり勉強したほうがいいですか』

この内容なら、返事をくれるかな。送信してスマホを置くと、自分でもびっくりするほど大きなため息が出た。

それから、ペンを持ちなおして、きょうの分の日記を書きだした。

『お母さんは、いつもわたしのためにいろんなことをしてくれる。ありがとう』

きょうはこれだけでいいや。

お母さんは、わたしの日記をこっそり読んでいる。だから、本当のことは書かない。本音を書いたりなんかしたら、とんでもないことになる。わたしは、日記を書くときのつかのまの静寂のために、日記をつけるという演技をしているのだ。

日記のノートを閉じたとき、珍《めずら》しくお兄ちゃんから返信メールがきた。わたしは小躍《こおど》りをする勢いで開く。

本文には『うん』とだけ書かれていた。本当に、ひと言だけだった。

3

朝の廊下で、釜川先生の後ろ姿を見かけた。かなり先のほうにいたから、そこにいるとわかったのが不思議なくらいだった。いままでだったらなんとも思わなかったのに、たくさんの生徒が間にいてもなぜかくっきり見えてしまった。非公式ファンクラブの集団に囲まれていたので、わたしは近づかなかった。そういえば、メンズ雑誌のモデルだけじゃなくて、学生時代にはホストクラブでアルバイトをしていたって噂も流れていたなあ。イケメンをひがんだ男子が流した悪口かもしれないから、真相はわからないけど。

できれば、もう一度、確かめてみたかった。釜川先生と、わたしのなにかにボッと火がつくことの関係をはっきりさせておきたい。でも、その好奇心《こうきしん》とは正反対に、もしもまた火がついて本格的に燃えだしたらどうなってしまうのかも心配だった。あいまいなままのほうがいいのかも。

二時間目の前の教室移動のとき、隣《となり》の教室に釜川先生がいるのを見かけた。そこにいるとわかったとたん、なんだか見てはいけない気がして、顔をそむけてしまった。なんでそんなことをしたのか、自分でもわからない。これって、ちょっと意識しすぎ。

「どうしたの?」って友だちに訊かれてしまった。「頸《くび》の筋がピキッて」と言ってごまかしたら、柚乃子らしいって笑われた。それってどういう意味?

四時間目は教科係で、授業の準備のお手伝いのために休み時間に職員室に行った。そのとき釜川先生は、向かい側の列の席で資料かなにかを読みながらコーヒーを飲んでいた。あっコーヒーいいな、って思う。おいしそうに見えたからだけど、そのあとは、わたしに気づかないかな、こっちを見ないかなっと、ちらちら釜川先生のほうばかりを見てしまった。きっとものすごく挙《きょ》動不審《どうふしん》。

「きみもイケメンが好きか」と、担任でもある社会科の大山《おおやま》先生にあきれられてしまった。ち、違《ちが》うんですって言えば言うほど、墓穴《ぼけつ》を掘《ほ》った気がした。なんでこんなことになってしまうの。

結局、釜川先生は、一度もこちらを見なかった。ちらっとも見ないのは、少し不自然だと思う。わたしが近くにいるの、わかっていたはずなのに、一回くらい見てくれたっていいんじゃない？　そう思ってしまったら、四時間目の授業のあいだもうわの空になっていた。きょうはどうも釜川先生のことが気になる。そして……。

五時間目は、釜川先生の授業だ。と思うと、給食が喉《のど》を通らない。

昼休みになったとたん、わたしは学校図書館に逃げこんだ。面白い本の中にいたら、余計なことを考えなくて済むと思うから。

違う世界に行けそうな本をテーブルに積み上げて、とっかえひっかえ見ていたら、岩舟美香萌さんが現れた。わたしを見つけて、こちらに近づいてくる。

「すごい本の山、どうしたの？　あ、この星雲星団の写真集、きれいだよね。わたしも読んだよ。天文、好きなの？」

「天文というより、星かな。寝《ね》る前の戸締《とじ》まりのついでに、窓を開けて星を見ることがあるの。最近、夜中に明るい星が出てるよね」

「いまごろの星空が知りたいなら、天文のアプリを見るといいよ。スマホをかざすと星の名前もわかるよ」

「へえー。あとでダウンロードして見てみる。岩舟さんて、合唱のほかに天文学も好きなの？」

「地学に興味があるの。星のほかに鉱物とかも」

そうだ、あのことを言わなくちゃ。

「あのね。来週のイベント、家の用事で行けないんだ。ごめんね」

一瞬、残念そうな顔になる。でも、すぐに明るく言ってくれた。

「いいのいいの、そんなに気にしないで」

「ごめんね。本当に行きたかったの。なのにその日は親が張り切っている用事があったから、そっちを断れないんだ。うちの親、ちょっと尋常《じんじょう》じゃないんだよね」

残念そうな岩舟さんを見たら、お母さんとの昨夜《ゆうべ》の一件を思い出して腹が立ってきた。思わず愚痴《ぐち》をこぼすと、岩舟さんも小声で意味ありげに言った。

「それなら、うちもちょっと変だと思う。ちょっとというか、すごくかな。神経質で」

「そうなの？」

意外だった。落ち着いた雰囲気《ふんいき》の岩舟さんからは想像できない。不自由のない幸せな家庭で育ったようにしか見えないのに。

岩舟さんは囁《ささや》くように言った。

「最近思うの。もしかしたら、親ってみんな変なものなのかもしれないって。自分の親こそが大人の基準だって信じたいものだから、わたしたちがなかなかそのことに気づかないだけで」

「美香萌ちゃあん！」

図書館の引き戸が開くと同時に、甘《あま》い声が大きく響《ひび》いた。葛生《くずう》眞姫《まひめ》だ。

「いつもこんなとこにいたの？　やだあ、探してたんだから」

「葛生さん、図書館は静かにしないと」

岩舟さんの横顔が緊張《きんちょう》して見えた。気のせいかもしれない。二人は同じクラスで、仲良くしているはずだ。落ち着いた岩舟さんと華《はな》やかな眞姫が一緒にいると、異色のコンビで目立つのだ。

岩舟さんは「じゃあ」とわたしに軽くあいさつをすると眞姫を連れて出ていった。

「あの子、一年だっけ？」

「同じ三年」

出ていきながらの会話が聞こえた。眞姫とは、小学校のときに同じクラスになったことがあるのに、ひどい言われようだ。

ああいう子と仲良くできる岩舟さんは大人だと思う。そして、ああいう眞姫タイプの子のほうが、男の子からモテたりするのかもしれない。それって、なんか嫌だ。

釜川先生だったら、どっちが好みかなあ……。

ふと思《おも》い浮《う》かんだ言葉に、わたしはぎょっとする。なんで釜川先生が出てくるわけ？　全然関係ないじゃない。

だけど、五時間目の授業が始まったとき、関係がないわけではないことが、痛いほどわかった。

4

釜川往路先生が黒板の前に現れたとき、わたしはなぜだか緊張してしまい、ペンケースを落とした。全開にしていたので、ペンが二つ隣の席までコロコロ転がって、あちこちに散らばってしまった。恥ずかしい。勢いよくしゃがんだら、わき腹のあたりがブツンといった。スカートのホックを縫《ぬ》い付《つ》けた糸が切れたのだ。なぜこんなときに……。恥ずかしいの二乗。わたしはその場で固まってしまった。

先生をちらっと見る。「きょうは小春日和《こはるびより》で温かいから、窓を開けよう。十一月の暖かな陽気の日は、小春日和って言うんだよ」なんて、窓際《まどぎわ》の男子に話しかけていた。よかった。わたしの異変には気づいてない。

大丈夫《だいじょうぶ》。スカートにはファスナーもついているから、ホックがとれたくらいでずるっと脱《ぬ》げる心配はない。とれたホックの片側をポケットに隠《かく》し、ペンケースに中身をもどすと、最大限の努力で何事もなかった顔を作って席についた。でも、すっかり落ち着きをなくしていた。ホックがとれたスカートで、釜川先生の授業を受けなくてはならないなんて！

部活ができないのが悪い。陸上部を引退してから、めっきり体に肉がついてきた。最近おなか回りがキツくなってきたから、ホックの位置を直さなくちゃと思っていた。毎日引っ張られていたせいか、留め糸がほつれかかっていて、二、三本の糸だけで持ちこたえていたことは知っていた。だけど針と糸を出すのが億劫《おっくう》で、放置していたのだ。太ったことを認めたくないから、お母さんにも隠していた。話したら、こんにゃくばっかり食べさせられて、わたしの好きなお菓子《かし》を禁止するかもしれないもの。宿題をしているときにお菓子が食べられないのなら、家で勉強する意味がない。お菓子を食べながら宿題をするからこそ、毎日の義務に耐《た》えられるのだ。きょうはどんなお菓子を食べようかな……ちょっと待って。なんでお菓子のことを考えているの？　やだ、もう。授業中なのに。ついていくのが大変な数学が、ちゃんと聞かなきゃわけわかんなくなっちゃうよ。

「では、前回の公式の確認《かくにん》をしようか」

机の上に開いた教科書からぱっと顔を上げると、釜川先生とばっちり目が合った。

──三、二、一、着火！

視線が交わったのは一瞬なのに、ボッと顔や体の中から火が出たような気がした。

あの……、わたし、燃えてないですか？　熱いんですけど……。

先生はくるりと背を向けて、黒板に公式を書きはじめる。教室のみんなも、一斉《いっせい》にノートを取りはじめる。だけど、わたしの心の目には、先生の潤《うる》んだ瞳が残っている。きょろきょろしたけど、周りの子たちは気づいていない。もしかしたら、わたしにしかわからないことなの？　幻覚《げんかく》なの？　でも、熱いし、ぼうぼう燃えている感覚は続いている。どうしよう。はやく消さなきゃ。昨夜みたいに、教科書でバーンと頭を叩いてみる？　ううん、だめ。授業中にいきなりそんなことをしたら、変な子だと思われちゃうよ。先生に嫌《きら》われるようなことはしたくない。

公式の説明をする釜川先生の声に、体の中の炎がじんじん震《ふる》えた。まるで先生の共鳴体になったみたいに。

チョークを置いて振り返った釜川先生と、あっ、また目が合ってしまった。わたしの炎は大きくなる。熱いよ。体の隅々《すみずみ》まで、熱い空気がいきわたっていく。

そのとき、わかってしまった。好きなんだって。これは、恋の炎なんだって。わたしはお兄ちゃんが大好きだというのに、いつのまにか釜川先生のことも好きになっちゃったんだ、って。

前の席の子が当てられて、黒板で問題を解く。その間、わたしはずっとうつむいていたけれど、まだ先生と見つめあっているような気がしてしかたがなかった。

「那珂川さん。この問題、解ける？」

当てられた。目を合わせないようにして、「はい」と勢いよく、立ち上がる。

どうしてわたしを指したんだろう。

ううん、席の順番どおり。でも、本当は、わたしの名前を呼びたくて、わざとこの列を指したんじゃないのかな。理由もなく直接わたしだけを指名したら、変だもの。先生は、わたしに近くに来てほしくて、黒板の前に呼んだんじゃない？

わたしは気もそぞろで、黒板に数字や記号を書きはじめる。

途中でちらっと先生に目をやると、また目が合った。ますます火が噴《ふ》きあがり、熱くなる。好きな人がすぐ横にいると、全身がカッカする。熱い気持ちが、体の隅々までいきわたり、幸せが全身に満ちてくる。まるで風船が膨《ふく》らむように……。

釜川先生。わたしは先生のなんですか？　良い生徒でしょうか。かわいい生徒でしょうか。それとも、ほかの生徒とはちょっと違う、特別にすてきな女の子でしょうか？　先生はみんなに優しくて、みんなに好かれています。だから、わたしだけ特別なんてあり得ない。でも、ほんのちょっぴりでいいから、わたしだけ特別になれないでしょうか。わたし、この学校の生徒でよかったです。だって、こうして先生に出会えたんだもの……。

「はい、もういいですよ。難しかったかな」

また、先生と目が合った。

先生の期待どおりにできたでしょうか。次は先生がわたしの期待に応えてください。

先生のもうひと言が欲しくて、わたしは席にもどらなくてはいけないことを忘れて、そこに突《つ》っ立《た》っていた。

「どうした、那珂川さん？」

名前を呼ばれて、顔も体もぼうぼう燃える。

「あ、あの……えーと」

釜川先生は、わたしの次の言葉を待って、まっすぐに見つめてくる。つやつやした黒い瞳の片側に、教室の窓に切り取られた小春日和の空がキラキラ映りこんでいる。自信に満ちた大人の視線にさらされ、心臓がさらに激しく燃え上がる。熱いよ。めまいを起こしたように、ふうっと体が軽くなってくる。もう、どうにかなってしまいそうに。

だって、幸せの熱気でぱんぱんに膨れたわたしは、地に足なんてつけていられない……。

「席にもどっていいですよ」

もどろうとして、つま先が床《ゆか》をかすった。思うように体が動かない。足に目をやると、本当に床を離れていた。

えーっ、なにが起きたの？

自分でも、よくわからない。とにかくわたしの熱い体は、ヘリウム風船のようにふわわんと浮きだしていたのだ。ううん、風船というより、熱い空気で浮かぶ気球だな。しかも、実際に体全体がむくむくと膨れている！

「なにこれ？　なに～」

指の先までぷっくぷくに膨れたわたしは、教卓《きょうたく》の上に傾《かたむ》きかげんに浮かんだまま情けない声をあげた。

みんなは、なにが起きているのかを理解できないようだった。わたしだってわからないのだから、当然だ。

「那珂川さん、席にもどりなさい」

もどれと言われても、体が浮いてしまい、降りられないのだ。床に足を着こうとじたばたしても、体はゆるやかに上昇《じょうしょう》していってしまう。恥ずかしい。先生はあぜんとした顔でわたしを見てる――ああ、わたしはいま、釜川先生に見られている！　恥ずかしいけど、幸せだ。もう炎や熱さなんて気にならない。充実《じゅうじつ》した熱い緊張はくすぐったくて、張りつめているというのに、満ち足りすぎている。そして、この自由な浮遊感《ふゆうかん》。ああ、生きているということ。いま生きているということ。思わず微笑みがこぼれてしまう。お話の中で描《えが》かれている恋愛感情《れんあいかんじょう》なんて、どれも嘘《うそ》と誇張《こちょう》の作り話だと思っていたけれど、好きな人に見つめられているだけで、こんなにも幸せになれるんだ。知らなかった……。

「蛍光灯《けいこうとう》にぶつかる」

教室のだれかが言った。わたしは泳ぐように手足を動かしてどうにかこうにか体をねじり、天《てん》井《じょう》をひと蹴《け》りして接触《せっしょく》を防いだ。いまさらパンチラを気にしている場合ではない。ほっとしたのもつかのま。蹴った方向がまずかった。いったん沈《しず》んだわたしの体は、開けていた窓の外にふわふわふわ流れ出ていきつつあったのだ。

「ちょっ……まっ」

助けを求めて、首をひねって釜川先生を見る。目が合った。

——三、二、一、着火！

ぎゃあ、さらなる炎が！　窓枠《まどわく》をつかみ損《そこ》ない、体が完全に窓の外に出た。パワーアップした熱い空気がわたしを押《お》し上《あ》げようとする。教室は三階だ。高いよ、怖《こわ》いよ。だれか、助けて！　このままじゃわたし、どっかに飛んでっちゃうよ。頭の中に、ジブリ映画の『天空《てんくう》の城《しろ》ラピュタ』のエンディングが流れ出す。

そのときだった。

「那珂川、こっちに手を伸《の》ばせ！」

男子の声。同じクラスの市貝空也《いちがいそらや》が、すぐ上の四階の教室の窓を開けて、サッシに足をかけていた。

無理だ。届くはずがない。市貝空也は昔から、バカなことばかりやっている男子だ。成績は優《ゆう》秀《しゅう》なのに、目立つためならバカでもなんでもする残念男子なのだ。花火実験で爆発騒《ばくはつさわ》ぎを起こして科学部を活動停止にさせてしまったこともある。あてにならない。だけど、すがるものをほかに選ぶ余地のないわたしは、連れ去られるヒロインでも演じるように精いっぱい両手を伸ばした。

「市貝、助けて」

「行くぞ、トオッ！」

まさか、市貝が飛びついてくるとは思わなかった。失敗したら、転落死が確実な高さなのに、どんだけバカなんだ。

「重ーい」

コアラみたいに市貝にしがみつかれ、その荷重でわたしたちはみるみる地上に降りていく。ちょっと勢いがありすぎる。しかも、バランスが取れない。

「着地に気をつけろ」

「無理」

降りるというより斜《なな》めに落ちた。その勢いで、二人でくっついたまま校庭をごろごろ転がって、あちこち擦《す》りむいた。

「いったーい」

痛みに、わたしの中の火が消えた。熱い空気は冷めて、体に重さがもどってきた。体を離して、校庭の真ん中に二人してへたりこむ。

「骨折はしてないだろ。生きているだけありがたいと思え」

「そうだけど……」

火が消えて、熱が冷めれば元にもどるのだ。冷静に考えてみれば、熱気球だってバーナーの火を消せば地上に降りてくる。

重さで墜落《ついらく》させなくても、もっと良い方法があったのではないかと思い、わたしは責めるように市貝を見た。すると、どういうわけか、ふふんっと鼻で笑われ、ため息をつかれた。

「だめだよ。おれは眞姫が好きだから」

「えっ？」

「隣のクラスの葛生眞姫が好きなんだ。だけど、女って生き物が命の恩人に惚《ほ》れるっていうのは、恋のセオリーだから、先にきみに言っておかないとね」

は？　だれがいつ惚れたって？

市貝のバカっぷりにあきれてしまった。この自信は、高偏差値《へんさち》から来ているのだろうか？　生まれもった自己愛なのか？

眞姫は小学生のときからかわいくて明るくて目立っている。市貝は成績が良くて、なのに変なことばかりして、よく目立っている。けれど、眞姫からは全然相手にされていない。むしろ嫌われている。それはうちの学校の生徒のほとんどが知っていること。

二年生の二月、市貝は窓伝いに隣の教室に乗《の》りこんでいって、眞姫にバレンタインデーにチョコをくださいと申しこんだ。そのとき、いつも付きまとわれて怒《おこ》っていた眞姫が、分厚い本で顔面を叩いて断ったものだから、市貝の鼻血が大噴出《だいふんしゅつ》。全校に知《し》れ渡《わた》る悲惨《ひさん》な流血事件となったのだ。

それでも諦《あきら》めない男が市貝空也なのだ。

「何度も振られてるのにまだ好きなの？　好きになってくれない人を、どうして好きでいられるの？」

「うーん。男のロマンかな。手に入らないから、燃えるんだ」

それでも好かれつづけている眞姫のかわいらしさが、女子としてはちょっと恨めしい。

「しかし意外だったな。那珂川みたいなのまでが着火マンにやられるとは」

「着火マン？」

「この世にエロスがはびこる限り、おれの目は欺《あざむ》けないいんだ」

胸を張られた。なにが言いたいのかわからないけど、特に知りたくもない。

膝《ひざ》の擦《す》り傷《きず》から流れた血が、靴下《くつした》を汚《よご》しているのに気がついた。まずい。お母さんになんて言おう。砂敷《すなじ》きの校庭を転がったから、制服がほこりまみれだ。

「まずは保健室で手当てしてもらおう」

市貝につられて立ち上がったら、するりとわたしの足元になにかが落ちた。スカートだった。ホックが取れていたから、膨れたときにファスナーがちょっとずつ開いて、全開になってしまったのだろう。そして、ここは校庭のド真ん中。

わたしが悲鳴をあげるより先に、市貝が叫《さけ》んだ。

「捨て身のエロ自爆《じばく》テロ発生か！　だから、おれには眞姫がいるんだってば、ゴメン」

いろんな意味で、泣きたかった。

5

『お兄ちゃん。きのうはアドバイスをありがとう。受験生なら、やっぱり勉強はしたほうがいいということですね。近いうちに、がんばってみます。ところで、お兄ちゃんはケンカをしたことがありますか。口ゲンカじゃなくて取っ組み合いの。わたしがケンカをしたわけじゃないのですが、きょう学校で擦り傷をたくさん作ってしまったので、それをどうやってお母さんに言い訳をしようか困っています。本当のことを言っても、お母さんは信じてくれないと思うから。それに、できれば言いたくないし。お母さんはきっと、信じたいことしか信じられないもの』

メールを送信し、ため息をつく。

お母さんは、絆創膏《ばんそうこう》だらけで家に帰ったわたしを見て、はっと息をのんだ。

質問の嵐が来るだろうと身構えていたのに、そのあとから奇妙《きみょう》な凪《なぎ》が続いた。いまもそう。きっとあれやこれやの妄想《もうそう》で頭がいっぱいなんだろう。だけど、お兄ちゃんへのメールに書いたとおり、わたしには話をする自信がない。

制服のスカートのホックは、保健室で傷の手当てをしてもらったとき、養護の先生から針と糸を借りて、自分で縫い付けた。

五時間目終了《しゅうりょう》のチャイムのあと、担任の大山先生がすっ飛んできて、市貝とわたしにこう言った。

「授業を勝手に抜《ぬ》け出《だ》しちゃダメじゃないか。釜川先生が困っていらっしゃったぞ」

きょとんとした。でも、そういう話で済むのなら大きなことにしたくない。大山先生に、すみませんでしたと素直《すなお》に謝《あやま》ったことで、片付いてしまった。

「釜川先生はきょうはすぐにお帰りになるというから、明日の朝、謝りなさい」と言われただけ。

目撃者《もくげきしゃ》は大勢いたはずなのに、わたしのなにかに火がついて浮かんで飛んだ不可解な出来事は、思いのほか、みんなの関心を呼ばなかった。帰《かえ》り支度《じたく》のために教室にもどったときも、友だちには「傷、大丈夫？」とは言われたけれど、ほかにはなにも訊かれなくて、ちょっと拍子抜《ひょうしぬ》け。毎度お騒がせな有名人にはなりたくないけど、二、三日くらいは噂をされてみたかった。だって、わたしは昔から目立つ子じゃないから。注目されることなんてなかったし、だれかから特別にじぃっと見つめられるようなこともなかった。

お母さん対策として、自室で日記のノートを開いて、ペンを回しながら考える。

釜川先生は、わたしのことをどう思ったのだろう。変な子だと思われていないかな。嫌われてしまったらどうしよう。明日謝ったら、叱らないで許してくれるかな。また、優しい言葉をかけてくれるかな。

目を閉じて、先生の瞳を思い出す。

――三、二、一、着火！

わたしの顔や体の中に、ボッと火がついた。

ふへへ、熱いわ。

わたしはにやけた。この現象は困るけど、自分はいままでのわたしではなく、恋の炎で燃え上がれる女の子なのだ、ということが嬉《うれ》しかった。

ただ、熱気球のように浮かんでしまうのは不自由だ。熱い幸せに満ち足りて、ふわふわ浮いた感じは何度も体験したいくらい気持ちがいいけど、風任せで舵《かじ》をとれないのでは危険だし、人に迷惑《めいわく》をかけるかもしれない。

熱い空気が体に充満《じゅうまん》する前に、わたしは自分の左の二《に》の腕《うで》を、右手で思いっきりつねった。いたたっと顔をしかめる。火が消えて、すうっと熱が引く。鎮火《ちんか》するには痛みが効果的らしい。ほかにも方法はあるのかもしれないけれど、自分をコントロールする方法でいまわかっているのは、痛くすることだ。

もう一度、先生の優しい瞳を思い出す。

——三、二、一、着火！

ボッと燃え上がる。つねる。鎮火。冷却《れいきゃく》。

そしてまた、先生のつやつやした黒い瞳を思い出す。

——三、二、一、着火！

ボッと燃え上がる。今度はすぐにつねらないで、温かい空気が体じゅうに満ちていくのを待つ。幸せ感が張りつめていく。重力から解放されて、やがて、体が浮いた。つねる。痛みで火が消える。すうっと熱が引くとともに体に重さがもどってきて、すとんと椅子《いす》に落ちる。この恋の浮遊感は楽しい。面白い。

わたしはくすくす笑ってしまった。

大好きなお兄ちゃん、ごめんなさい。わたしは釜川先生の瞳に恋をしてしまいました。なんと罪深い女でしょう……。

スマホを見たけれど、お兄ちゃんからのお返事メールはまだ来ない。

日記に書くことも決まらない。昨日と同じことを書くわけにもいかないし、困った。絵でも描く? ううんだめ。お母さんはきっと絵からあれこれ推理して、とんでもない結論を出してしまう。

幼いころは親に隠《かく》し事《ごと》をすることなんてなかったし、隠そうなんてところまで知恵《ちえ》が働かなかった。わたしは小学五年生になるまで、お母さんに日記を読まれているという意味に、まったく無頓着《むとんちゃく》でいた。

学校のことを、お母さんはよく知っていた。家族のだれにも話さず隠していたのに、叱られたり心配されたりすることが度々《たびたび》あった。でもそれは、お母さんは神様と同じように何でもわかるのだろうと思っていた。

「バカだなあ。書いたら読まれるに決まっているじゃないか」

お母さんに叱られたあと、泣きながら日記を書いていたとき、お兄ちゃんはそう言った。そのひと言で、わたしの周りの不可解な出来事の謎《なぞ》が解けたのだ。

学校でトラブルがあると、黙《だま》っていてもなぜかお母さんは察知して、苦情を言いに行く。友だちの親まで学校に呼び出して、長時間の話し合いをすることがあった。わたしはそんな「子どもに熱心」なお母さんに、内心ではうんざりしていた。

子どもなら、仲の良い友だちにも嫉妬《しっと》をしたり、わざと事実をゆがめた記録を書いて、自分を慰《なぐさ》めようとすることがあるだろう。五年生くらいの女の子ならだれもが経験するようなことだ。特にあのころは、ほんのちょっとの差でも、周りと違うことは罪深いことで、一生を左右する問題のように感じてしまったし。

わたしには、プライバシーなんてなかったのだ。

その発見以来、わたしはお母さんにとって気持ちがいい言葉しか、日記に書かないようにした。

お母さんは、子どものことは、なんでもコントロールできるのだと信じている。いまだに親子読書会に参加し続けているのだって、本が好きだからじゃない。本を読んだわたしがお母さんと同じように考えているのかを知りたいからだ。

わたしの中で、恋の炎がボッと燃え上がったことなんて、絶対に知られたくない。幸せが満ちると体がふわふわ浮かんでしまうと知られたら、お母さんはどんな騒ぎを起こすだろうか。

きょうは日記になにも書かないことにした。

6

翌朝、早く目覚めたわたしは、いつもは使わないドライヤーを使って、髪《かみ》をつやつやにブローした。朝一番に釜川先生に会いに行かなくちゃいけないし、それに女子力の高い非公式ファンクラブの子たちに負けていられないと感じたから。

教室にカバンを置いてすぐに職員室に行くと、釜川先生は席で書類の整理をしていた。ああ、きょうもかっこいい。ドキドキする。途中で目が合わないよう、床を見ながら入っていった。

「お仕事中、失礼します。あのう、昨日は、授業中にすみませんでした」

釜川先生は前を向いたままでわたしに言った。

「ああ。反省していればいいんだ。気をつけなさいね」

釜川先生の横顔をじっと見つめた。まだこっちを見てくれない。優しい口調だけど、怒ってるのかな。

「すみません。どうしてああなってしまったのか自分でもよくわからなくて……」

「済んだことだ。もういいよ。謝罪に来たことは大山先生に伝えておく。悪いけど、いま忙しいんで」

取りつく島がないので、すごすご教室にもどった。熱気球化することなんて、どう説明したらいいのか自分にはわからない。だけど、わたしの話をもう少しちゃんと聞いてほしかった。わたしに起きたことを釜川先生に知ってほしかった。それに先生は、わたしの顔をちらりとも見てくれなかった。それってどういうこと？　わたしのことを嫌いになったってこと？　不安ばかりが大きくなっていく。

三時間目の数学の授業でも、一度も先生と目が合わなかった。

先生、わたしを見て。どうしてわたしを見てくれないの？　髪をつやつやにブローしてきたのに。

ノートも取らずに顔を上げて先生を「ガン見」していたのに、こっちを見ないのは不自然だ。

チャイムが鳴ると、先生はさっと職員室に帰ってしまった。

きっと釜川先生は、授業中に膨れて飛んでいくような生徒のことは嫌いなんだろう。

悲しい気分のまま時間を過ごし、昼休みになった。

図書館でも、わたしはため息ばかりをついていた。

「どうしたの？　具合が悪いの？」

岩舟美香萌さんが心配して声をかけてくれた。

「きのう市貝くんと校庭でなにかあったの？　市貝くんがほかの子にも迷惑かけているんじゃな

いかって、朝、葛生さんが噂していたから。葛生さんって、市貝くんに冷たくしているくせに、気になるみたい」

「市貝なら、『おれは眞姫が好きだ』って言ってたよ。伝えておいて」

岩舟さんは、眞姫が困るところを想像したのかもしれない。片方の頬だけ上げて、ちょっぴり笑ってやめた。友だちのことだから、それ以上顔に出さないように自制したのだろう。

岩舟さんは、思い出したように言った。

「そうだ。受験が終わったら、一緒にプラネタリウムに行かない？　教育センターのところの、このあいだ葛生さんたちと観《み》に行ったんだ。地元の施設《しせつ》にしては、なかなか性能のいいプラネタリウムが入っているんだよ」

「受験が終わったらって、ずいぶん先の話だね」

受験態勢に入っていないわたしには、来年の三月は何年も先のような気がしてしまう。

「きのう星の本を読んでいたから、興味あるのかなと思って。プラネタリウムだけじゃなくてね、時間ができたら那珂川さんとゆっくり本の話とか、いろいろ話をしてみたいなあって、思っていたの」

ひそかに憧《あこが》れていた同級生から、そうなふうに言ってもらえたのは、嬉しかった。ふさいでいた気持ちがパッと晴れていく。

「行こう。わたしも話がしたい。入試の前だっていいじゃん、行こうよ」

「あとのほうがいいよ。春休みに楽しみができるから。それに今年いっぱいは、プラネで上映する番組がこの前観たのと同じなんだもの」

「そっか。じゃあ、受験のあと……」

気の長い約束だ。

岩舟さんは本の貸し出しを済ませると「じゃっ」と言った。

「葛生さんが来ると騒がしくなるから、呼びに来る前に、教室にもどるね」

高校入試のために、受験勉強をする。そのことに、わたしはずっと違和感《いわかん》を持っていた。だって、わたしは受験のためとか、高校生になるために生まれてきたわけじゃない。志望校選びとか偏差値とかにがつがつしている子って、なんだか不幸せそうだと思っていた。テレビのクイズ番組なんかを見ていると、賢《かしこ》すぎる人よりは、おバカさんのほうが楽しそうだもの。

でも、やっぱり、岩舟さんのような人とずっと友だちでいたいのなら、ちゃんと勉強したほうがいいのだろう。お兄ちゃんも受験勉強をしたほうがいいってメールをくれたし。

「うちら、三年生なんだよねぇ」

岩舟さんがそっと閉めていった引き戸に向かって、独り言をいう。

受験のことを考えると、時間の流れって、自分ではコントロールできないものなんだなあってよくわかる。この学校に通うのも、あと半年もないのだ。まだ先の話だと思って、全然、準備をしてこなかった。こんなわたしでも、高校生になれるのだろうか。わたし、どうなっちゃうのかな。

「あら、しおりが落ちてる。だれの忘れものかしら?」

返却棚《へんきゃくだな》の本を整理していた図書館補助員さんが館内の生徒たちに訊《たず》ねるように言った。

紫水晶《むらさきずいしょう》の結晶《けっしょう》の写真がプリントされた半透明《はんとうめい》のしおりだ。見たことがある。たぶん岩舟さんのものだろう。

「渡《わた》してきます」

受け取って、あとを追った。

廊下を走っていくと岩舟さんの姿が見えた。眞姫と一緒にいる。そしてその少し先の、体育館につながる渡《わた》り廊《ろう》下《か》の入り口のところに、釜川先生がいた。どきっとする。もしもまた釜川先生に無視されたらどうしようって、怖くなる。

岩舟さんに声をかける。

やはり岩舟さんの落とし物だった。その間に、眞姫が釜川先生に話しかける。

「きょうはファンクラブの子と遊んであげないんですか」って大人をからかう口調で。自分がかわいいと知っているから、眞姫はだれにも自信満々に話しかけるのだ。

「休み時間の巡回も、仕事のうちだよ」

岩舟さんも話しかけた。

「先生にとっては休みの時間じゃないですね」

次はわたし。でも、釜川先生は話は終わったというように向き直る。こっちを見てほしくて声をかけた。

「先生」

「んー」

返事はしたけれど、わたしよりも渡り板の端《はし》の小さな亀裂《きれつ》を気にしている。

「わ、足がはまったら痛そう」

眞姫が大げさにはしゃぐ。先生は、眞姫を見て、「そうだな、補強しないと」という。

「技術の先生から、道具を借りてきましょうか」

先生は岩舟さんを見て、言う。

「これは校務さんの仕事だ。指定管理の会社に電話して頼《たの》むんだ」

「でも、簡単にすぐ直せそうなのに」

わたしが言うと、先生は黙っていた。やっぱりこっちを見てくれない。

「このままでは危ないですよ。ガムテープを貼《は》って、目立たせておくのはどうですか」

そう言った岩舟さんを「きみはよく気が回るね」と釜川先生は褒《ほ》めて微笑んだ。そしてさりげなくわたしに背を向ける。

どうして！

思わず、泣き出しそうになった。

わたしの名前を呼んで、わたしを見て、話しかけてほしいのに。

それ以上の特別なことは望んでいない。ただ普通《ふつう》にお話をして、ほかの女の子を見るよりも、一秒でも長めに優しく見つめてもらえたらよかったの。ほかの生徒よりも、一回でも多く笑いかけてほしいだけ。ただ、それだけなのに……。

「職員室からガムテープを借りてきます」

岩舟さんが行ってしまうと、眞姫はまた釜川先生に話しかけた。

「モデルをしていたって本当なんですか？」

「代官山《だいかんやま》のセレクトショップでバイトをしていたとき、店長の知り合いから頼まれて、少しモデルの真似事《まねごと》をしただけだよ」

「うえー、噂はマジですか！　なんてお店ですかぁ？」

楽しそうにしゃべっている。眞姫は小首をかしげて媚《こ》びるように甘ったるくしゃべっている。

なんだろうこの感じ。

二人の目線の先にある渡り板のほうに、わざと七、八歩歩いていく。屋根だけの通路に出ると、微風《びふう》が抜ける。きょうも小春日和だ。そして、くるりと振《ふ》り向《む》く。眞姫はわたしを見て、にこっと笑う。深い意味はないだろう。特に意味もなく笑う子だった。先生は、違うほうを見ている。それからまた、眞姫に話しかけられて顔を向ける。眞姫は楽しそうに笑っている。

わたしのことも見て。わたしを嫌いにならないで。おととい階段で、先生は、あんなにも優しく、わたしを見つめてくれたじゃない。きのうだって、何度も視線が合っていたのに。記憶の中のあの瞳が、目の前でちらちらしはじめる。先生のきれいな瞳を、わたしだってまっすぐに覗きこみたい……。

――カチッ、カチッ、カチッ。

心の中で、火花が散ったような気がした。

そして、ボンッと破裂《はれつ》するような音を立てて、火がついた。壊《こわ》れかかったお風呂のガス給湯器がようやく働きだしたときみたいに。

釜川先生と目が合ったわけじゃないのに、なんでだろう。熱い空気がたまっていくけど、いつもと違う気がした。火を消そうと、腕をつねってみたけれど、鎮火しない。反対の腕やわき腹や太ももつねってみたけど、痛いだけで消えなかった。

火に暖められ、膨らんでいく。体の内部から熱い空気に押《お》し広《ひろ》げられ、わたしはゆっくりと膨《ぼう》張《ちょう》していった。なのに、きのうのような幸せ感も高揚《こうよう》もない。わくわくもしない。きのう体のあちこちにつくった擦り傷のかさぶたが切れて痛かった。それに、熱い空気が、ただ苦しい。外に向かうだけでなく、心まで押しつぶしてくるみたいだ。

渡り廊下にそよ風が吹《ふ》き、煽《あお》られたわたしは、おっとっとっとつま先でバランスを取った。渡り板から離れて地面に落ちてしまったが、幸いなことに、まだ足は地に着いている。

浮力《ふりょく》が増す前に、鎮火させなくては。

そのとき、上から声がした。渡り廊下の屋根の上に、市貝空也がいたのだ。消防のレスキュー隊が使うようなロープの束を肩にひっかけている。

「おい、エロテロリスト。きのうの怪我は大丈夫か?」

「エロテロリストってだれのことよ。なんでそんなところにいるの」

「校舎の壁伝いに、眞姫を探している」

市貝の行動や発言内容は謎が多い。訊くほうが野暮《やぼ》だった。

「眞姫なら、ちょうど二メートル下のあたりに釜川先生といるよ」

「なぬ?」

市貝はそう言うなり、渡り廊下の屋根から飛び降りた。高さは校舎の二階よりは低いけど、足を着くとどすんと大きな音がした。そして、叫んだ。

「おい、着火マン。おれの眞姫にちょっかい出すんじゃねえぞ！」

突然《とつぜん》降って現れた市貝に、眞姫と釜川先生はぎょっとする。

「眞姫はなにをするかわからんぞ！　おっそろしい女だぞ。人生の破滅《はめつ》になるぞ」

当然、眞姫は怒る。

「バカッ、なにあたしに失礼なことを言ってるの！　男のやきもちってサイテー」

やきもち。そうか。わたしの中でどんどん広がっているものは、嫉妬の炎のせいなのだ。だから、幸せ感はなくて、悲しくてつらくてどろどろしているんだ。きのうまでのわたしは、浮《うわ》ついた恋の充実しか知らなかったのに、こんなに嫌な気持ちにとらわれてしまっているなんて。

「先生、ガムテープを借りてきました」

岩舟さんがもどってくると、眞姫はぷりぷりしながら言った。

「美香萌ちゃん、行こう。はい、あとは先生が直しといて」

「なに？　どうかしたの？」

岩舟さんは、渡り廊下から外れたところにいたわたしと市貝には気づかないまま、眞姫に腕をつかまれて校舎の奥に行ってしまった。

嫉妬の炎で熱気球化しつつあるわたしの姿を見られなくてよかったと思う。だって、こんなの、みっともないもの。

釜川先生は、渡り板の亀裂に目印としてテープを貼り終わると、ゆっくりと身を起こした。そんな仕草ひとつをとっても美しい。

市貝がずいっと一歩前に出る。

「おい着火マン。眞姫にはなにもしなかっただろうな」

「着火マンとは、いまいちなネーミングだね。しかし、きみはなかなか観察力があるようだ」

「当たり前だ、サイエンティストだからな」

市貝は、余裕の笑《え》みを浮かべる釜川先生をにらみつけてる。わたしもあんなふうに、先生と視線を合わせたい。先生、わたしを見て。わたしのことも見つめてほしい。

切ない気持ちで、わたしの中の炎が高くなる。熱いのに哀《かな》しい気持ちが、指の先まで流れて、涙腺《るいせん》までも圧迫《あっぱく》していく。

「ぼくはね、時折、女性の心に火をつけてしまうんだ。ただし、葛生さんには効かないようだよ」

「当たり前だ。眞姫はああ見えて、腹黒い濁《にご》った女だからな」

「だれにでもつけられるわけじゃないんだ。だから、つい、試《ため》してみたくなるんだ。この子はどうかなって」

「だ、だから、わたしに火をつけたんですか？　試すために」

わたしは声を震わせて叫ぶ。先生はわたしを見て、見たくないものを見たように慌てて目をそらした。

ボウッと火柱が上がった。

一瞬なのに、燃え上がる。試されて、傷つけられたというのに、先生の瞳はなんてすてきなんだろう。好きなのだ。どうしようもなく、好きでたまらないのだ。あの目に見つめられていたいのだ。一方通行な思いが悔《くや》しくて、切なくて、涙《なみだ》がこぼれそう。ひどいよ。先生、ひどい。でも、好きなの……。

「こいつはきのう、おまえのせいで怪我をしたんだぞ。あのまま窓から飛んでいって空の果てに消えちゃったら、どうするつもりだったんだ！　急に二人が授業中に出ていったなんて、クラスの連中に口止めをしてすっとぼけやがって」

「おいおい、言いがかりはよしてほしいな。きみらのために穏便《おんびん》に済ませたんだろう？　ぼくは恋心に火をつけてしまうだけだ。これまでの学校でも、飛んでいった生徒なんて一人もいないよ」

「だけど、おまえが火をつけたから那珂川は浮いたんだろ？」

こちらを見た市貝に、わたしは鼻をすすりながら、うなずいた。

「もともと浮くようにできている子なんだろう。火がついて浮いたやつなんて、これまで一人もいなかった。ぼくが火をつけなくても、いつかは勝手に浮いて飛んでいっただろうよ。ぼくが悪いんじゃないさ。その子が少しおかしいんだ」

「お、おかしいなんて、ひどいです！」

わっと涙が出てきてしまい、両手で顔を覆《おお》った。熱い。熱くて悲しい空気でもう破裂しそう。恋をして、嬉しかったのに。ふわふわできる自分が、誇《ほこ》らしいとまで思ったのに。もっと幸せになれると信じていたのに。

「おい、落ち着け。状況を見ろ」

市貝の声に指の隙間《すきま》から周りを見た。

浮かんでる。と思ったとたん、風に五十センチ先に運ばれた。わたしの腕をつかもうとした市貝の手が空《くう》をつかんだ。

悲しみや恨みつらみの塊《かたまり》の熱気球なんて、浮かんでいてもちっともわくわくしない。

「おい、着火マン、火を消せ。あいつ、また飛んでいくぞ」

「ぼくは火をつけられても、消し方はわからないんだ。だいたいね、中学生なんて気まぐれだからね。ついても、たいていはすぐ消えてしまうものだよ」

「なんだと、役立たずめ！」

「市貝くんねぇ、非常勤講師ではあるけれど、ぼくだって歴《れっき》とした教員なんだ。下手な発言や行動をしたら、高校進学に響くよ」

「くそっ」

「た、助けてください。先生……」

「ぼくは数学だけの雇用《こよう》だから。心の悩《なや》みはスクールカウンセラーを予約するといいよ」

釜川先生は、わたしのことは無関係という顔をして行ってしまった。

絶望的な気分が、ダークな炎をますます燃え上がらせた。わたしの体は上昇を続けて、もうすぐ二階の高さだ。あちこちつねってみたけれど、痛いだけで鎮火しない。むしろ火力が増した気がする。

「おい、キャッチしろ」

市貝は肩にかけていたロープをとくと、片方の端に結び目の団子を作って投げてきた。

二回失敗し、三度目にキャッチした。手首に巻きつけ、命綱《いのちづな》を離さないようにする。ぐいっぐいっと市貝がロープを引っ張って、わたしは地表にもどされていく。

「また市貝に助けられちゃった」

情けなくて、どんな顔をしたらいいのかわからない。わたしの恥ずかしい秘密は全部ばれてしまっている。

「しかしまだ浮力があるぞ。火が消えないなら、どうにかして軽い空気を抜かなくてはな。冷たい水をぶっかけて冷やしてみるか」

「嫌、それはやめて」

天気はよくても、十一月に水をかぶりたくはない。

昼休み終了の予鈴《よれい》が鳴りはじめた。

「市貝は授業に行っていいよ。ロープの端を柱にしっかりしばりつけておいてくれれば」

「そういうわけにはいかないだろう。でもとりあえず、屋根の下に入るか」

市貝は巨大な風船人形を動かすように、わたしを渡り廊下から校舎の中に引っ張っていく。

「そういえば、チビのころに気球に乗ったなあ。イベント用の気球で、ワイヤーで地面とつながっていて、十分くらいで上昇して降りてくるやつ。あれは非常に興味深かった」

そして市貝はしみじみと言った。

「いいなあ那珂川は。ただで気球に乗れて」

「乗ってるわけじゃないんですけど……」

「重力からの解放は、人類の夢だ。おれは地球を飛び出したい。地べたで生きるのはもう十分だ」

あんまりまじめに言うもんだから、わたしはプッと噴き出してしまった。

「市貝って、面白い。変人なだけだと思っていたけど、面白い」

「笑うなよ。おれは二十一世紀のアインシュタインかエジソンになる男だぞ」

大まじめに言うから、わたしはまた噴き出した。

「おまえ、失礼だぞ」

そう言いながら、市貝の耳が真っ赤になっていく。お騒がせ人間の市貝でも、自分の発言に照れて恥ずかしくなることってあるんだなあ。それがまたおかしくて、笑ってしまった。

笑っているうちに、足の裏が床に着いていた。しっかり踏《ふ》みしめて立つ。いつのまにやら火は消えて、わたしに重力がもどってきた。そのまま、重みを感じるままに、廊下にへたりこむ。悲しい炎は、笑い飛ばせば消えるのか。

「あーおかしい。ふうう。わたし、こんなんで大丈夫かな。大人になったら、ちゃんと恋ができるのかな」

「まあ、大人になるまでには、フライトもランディングもうまくできるようになってるんじゃないか?」

「そうならいいけど。で、市貝は、中学卒業しても眞姫一筋なわけ?」

「当たり前だ。おれには、惚れた相手をドン引きさせる能力がある。だから、おれが惚れるのは眞姫だけでいいんだ。あっちからもこっちからもドン引きされたくないからな」

冗談《じょうだん》のように言ったけれど、もしかしたら本当のことなのかもしれない。

五時間目の始まりを知らせるチャイムが鳴った。

あっやばい、と勢いつけて立ち上がる。

ばさりとなにかが足元に落ちた。市貝がわたしの下半身を「ガン見」する。

「いやっ、なんでまたスカートが！」

ホックが取れて、ファスナーが全開になっていた。慌てて持ち上げる。またパンティを見られた。

「こ、このエロテロリストが！　おれは眞姫だけが好きなんだよ！　惑《まど》わすな、ちくしょう！」

7

『わたしはときどき学校で浮いているらしい。数学の先生に「浮くようにできている子」とか「少しおかしい」とかと言われて、悲しかった』

腹いせと言われたらそのとおりなんだけど、わたしは日記にそのようなことを書いた。

しかもその晩、お母さんにお風呂を覗かれて、かさぶたになった傷あとと、体をつねってできたたくさんのあざを見られてしまった。

これまでのパターンどおり、翌日にはお母さんが学校に登場。わたしとしては、ほんのちょっと釜川先生を懲《こ》らしめたかっただけなのに、そう単純には済まなかった。

窮地《きゅうち》に追いこまれた着火マンは、お母さんにあの効果を試そうとした。しかし、先生の瞳がボッと燃え上がらせたのは、お母さんの恋心《こいごころ》ではなく、敵愾心《てきがいしん》だった。

それからはもう最悪だった。お母さんの頭の中では、「最愛のわが娘《むすめ》が学校でいじめられている。わたしが守らねば、戦わねば！」というストーリーが完成しているのだ。釜川先生だけではなく、校長先生や担任の大山先生まで土下座をさせる騒ぎになった。それでもお母さんの気は収まらず、校長先生の趣味《しゅみ》で校長室に飾《かざ》ってあった私物の伊万里《いまり》の皿と備前焼《びぜんやき》の壺《つぼ》も壊してしまった。最後には、警察官まで呼ばれて事情を聴かれる大騒動《おおそうどう》になってしまった。なんということか。

「もう恥ずかしくて、学校に行けない！」

家に帰ると、わたしたちは大ゲンカをした。お母さんのほうでは、「柚乃子が直接相談してくれるのを待っていたのに！」とわたしに怒っていた。

「親に相談したくないことだってあるでしょ！　こうなるってわかっているんだから」

わたしはそう言うと、スマホをつかんで、家を出た。

日記になんて、書かなきゃよかった。人の日記を読むほうだって悪い。都合よく親に頼ろうとした自分も悪いんだけど……。

『お兄ちゃん。柚乃子は現在、家出中です。どうしてうちのお母さんてああいう人なんだろう。どうしてもっと普通にできないんだろう。家にお兄ちゃんがいてくれたらよかったのに。柚乃子はとても悲しいです。お母さんとこの先も一緒に暮らすのかと思うと、すり減って消えてしまいそう。どうしたら普通の親になってくれるんだろう』

コンビニの店先から、お兄ちゃんへメールを送った。

雑誌を読んで時間をつぶすことを考えたけれど、家の近所にいたら、お母さんにすぐ見つけられてしまうだろう。歩きだしてみたものの、夜道は苦手だ。塾通《じゅくがよ》いの経験がないわたしは、七時以降の一人の外出に慣れてない。人通りはまだあるけれど、だんだん心細くなってくる。どうしよう。怖い人に目をつけられないように、知っている道を速足で歩く。

行き着いた先は、児童館などを併設《へいせつ》している地域の図書館だった。もちろん、この時間ではどちらも閉館している。見慣れているはずなのに、夜に沈黙《ちんもく》した建物は、廃墟《はいきょ》のように見えた。

無意識に明るいほうに歩いていく。時間外返却ポストに続く通路の手前の掲示板《けいじばん》が照らされていた。そこには区のお知らせなどが隙間なく貼られている。その中に、見覚えのあるチラシがあった。岩舟美香萌さんが参加する合唱のイベントだ。

しばらくぼんやり眺《なが》めて、そこから離れた。

岩舟さんはしっかりしているから、嫌なことがあっても、無計画に家出なんてしないんだろうな。神経質で「変わった親」がいるって言っていたけれど、きっと上手に我慢《がまん》して、大人の対応をしているのだろう。わたしは本当に子どもっぽい……。

なぜだか急に、夜の中にいることを強く感じた。そして、星が出ていることを。

『受験が終わったら、一緒にプラネタリウムに行かない？』

岩舟さんとの約束を思い出す。

そうだ。教育センターのプラネタリウムに行ってみよう。ここからなら、三、四十分くらい歩けば行けるはずだ。閉館していても構わない。行くあてを見つけたわたしは、元気を回復した。頭の中でだいたいの順路を考えて、ずんずん歩いていく。だって、受験が終わるときまで、わたしは待っていられない。

電話が鳴った。お母さんからなので、出ない。電源を切っておくか迷ったけれど、お兄ちゃんからメールの返信が来るかもしれないから、つけておいた。なんどもしつこくかけてくるお母さんの電話は通話しないボタンを押して無視し続けた。

小学生の自転車数台とすれ違った。塾帰りなんだろう。それから、飲み会を終えた会社員のほかに、犬の散歩や夜のランニングをしている人。暗くなってからも活動している人が世の中には意外といるということがわかって、不思議な感じがした。でも、中学生くらいの女の子は一人で歩いていない。

しばらくして、また前からランナーが走ってきた。すれ違ったと思うと、すぐ後ろでその人が立ち止まる気配がした。

「那珂川さん?」

心当たりのない人の声に呼ばれ、ビクッとする。

「隣のクラスの川田《かわだ》だよ。岩舟美香萌と仲いいでしょ?」

話を聞いて、相手がわかった。市貝空也と同じ科学部だったことがある川田歩《あゆむ》くんだ。たまに学校図書館で見かける。直接話をしたことがないけれど、わたしを覚えていてくれたのか。

「そうだけど……なに?」

「おれ、いつもこの時間にランニングしてるんだ。ここで会うの、はじめてだよね? こんな時間に制服姿で、一人でどこへ行くのかと思って」

確かに、わたしは制服のままだった。これでは目立つのだろう。

「ちょっと、プラネタリウムが見たくて」

「こんな時間にやってないよ」

「うん、知ってる。受験が終わったら、岩舟さんと一緒に行く約束をしているの。だから、ちょっと下見に」

川田くんはわけがわからないという顔をしたけれど、わたしはそれ以上話すつもりはなかった。

しっかりした足取りで歩きだす。人に話したら、夜の散歩がなんだか楽しくなってきた。

曲がり角を間違《まちが》えて、少し迷って目当ての教育センターにたどり着いた。

外灯の薄明《うすあ》かりに、プラネタリウムの施設の銀色のドームが四角い建物からひょこっと見えている。おでこを出してかくれんぼをしているみたいで、なんだかかわいい。

ここには小学生のときに校外活動で来たことがあった。クラスのみんなでプラネタリウムを観たはずだけど、内容はすっきりさっぱり忘れてしまった。

そのときのことを思い出そうと、空を見上げる。ひときわ明るい星が出ていた。星座の星ではなく、惑星《わくせい》なのだろう。岩舟さんが調べ方を教えてくれたのに、アプリをダウンロードするのを忘れていた。

なにかひとつくらい知っている星はないだろうか。東京の空は明るくて、数えるほどしか星はない。なのにわたしはその数個の星の名前すらわからない。わからないことが、寂しかった。わたしには知らないことがたくさんある。もっとちゃんと勉強しておけばよかったと思う。

冷えこんできた。いつまでもここにいるわけにはいかない。お母さんがいる家にはもどりたくないけれど、きょうのところはもどるしかないだろう。

「よかった、まだいた」

ぜいぜい息を切らした人が近づいてきた。知っている声だ。

「岩舟さん？　なんで」

「川田から、メールが来て……」

藍染《あいぞ》めのシンプルな部屋着姿の岩舟さんが、わたしの横まで来て、車道の柵《さく》に腰掛《こしか》けて荒《あら》い息を整える。

「すぐ、走ってきた。よかった、会えて」

「わざわざ来てくれなくてもいいのに」

心配してくれたのかな。

岩舟さんはいつもとは違う少しきつめの声で言った。

「嫌なの。友だちが急にいなくなったら、嫌なの。絶対に」

そういえば、岩舟さんのクラスには五月くらいから不登校になっている高根沢《たかねざわ》さんという女の子がいる。岩舟さんは眞姫と仲良くなる前は、その子と仲が良かったのだ。

川田くんがどんなふうに伝えたのかはわからないけど、わたしが夜中に一人で出歩いていると聞いて、岩舟さんは不安な気持ちになったのだろう。

「わたしはいなくならないよ。夜の散歩をしていただけ。急にプラネタリウムが見たくなっちゃって」

「外から建物を見たってしょうがないのに」

「春に見に来るの、楽しみだなあって思ってさぁ」

「そっか。じゃ、絶対に来ようね。そのときは二人とも合格をして……。じゃあ帰るね。きっとうちのお母さん、怒ってるよ」

「うちも」

激怒《げきど》するお母さんの姿を思い出したら、子どもへのあの必死さが急に滑稽《こっけい》なものに思えて、わたしは自然ににやにやしていた。

家に向かって歩きながら、どこの高校でもいいから、とにかく絶対に合格しようと思った。そして、できることなら、ふわふわと恋がしたい。着火マンや市貝みたいなタイプではないもっとすてきな人に、お兄ちゃん以上のすてきな人に、少し成長したわたしと一緒に空に浮かんでくれるような人に、次はぜったい出会うんだ。そして、高校生のときにしかできない身軽で真《しん》剣《けん》ではち切れそうな気持ちで新しい恋をするんだ……。

家に入る直前に、お兄ちゃんからメールが届いた。

『人を変えようと思うな。自分が変われ』

そのとおりだな。親元を離れて北海道で暮らしているお兄ちゃんは、それを実践《じっせん》しているわけだ。わたしも少し離れはじめたほうがいい。気球がじわじわ浮かんでいくように。

とりあえず、土曜日の岩舟さんの合唱のイベントには、だれがなんと言おうと行くことに決めた。そしてイベントが終わったら、わたしは入試モードになるのだ。

生きているということ。わたしはいま、生きているということ。

梨屋アリエ（なしやありえ）

栃木県小山市生まれ。横浜市在住。児童文学作家、YA作家。
法政大学兼任講師。1998年、『でりばりぃAge』で第39回講談社児童文学新人賞を受賞し、翌年、単行本デビュー。2004年、『ピアニッシシモ』で第33回児童文芸新人賞受賞。その他、『プラネタリウム』『プラネタリウムのあとで』『シャボン玉同盟』『スリースターズ』『わらうきいろオニ』（以上講談社）『空色の地図』（金の星社）『ココロ屋』（文研出版）『きみスキ　高校生たちのショートストーリーズ』『きみのためにはだれも泣かない』（ともにポプラ社）など著書多数。http://www13.plala.or.jp/aririn

この作品は書き下ろしです。

恋《こい》する熱気球《ねつききゅう》

2017年8月１日　第1刷発行
2018年1月11日　第2刷発行

著者――――――梨屋《なしや》アリエ
発行者―――――鈴木　哲
発行所―――――株式会社講談社
〒112-8001
東京都文京区音羽2-12-21
電話　編集　03-5395-3535
　　　販売　03-5395-3625
　　　業務　03-5395-3615
印刷所―――――株式会社　精興社
製本所―――――大口製本印刷株式会社
本文データ制作――講談社デジタル製作


N.D.C. 913　239p　19cm　ISBN978-4-06-220637-2